푸름에 홀릭

푸름에 홀릭

1판 1쇄 발행 | 2018년 12월 25일

지은이 | 이지우
발행인 | 이선우
펴낸곳 | **도서출판 선우미디어**
  등록 | 1997. 8. 7 제305-2014-000020
  02643 서울시 동대문구 장한로12길 40, 101동 203호
  ☎ 2272-3351, 3352 팩스: 2272-5540
  sunwoome@hanmail.net
  Printed in Korea ⓒ 2018. 이지우

값 13,000원

※ 잘못된 책은 바꿔 드립니다.
※ 저자와의 협의하여 인지 생략합니다.
※ 이 책은 성남시 문화예술발전기금의 일부 지원으로 제작되었습니다.

이 도서의 국립중앙도서관 출판예정도서목록(CIP)은 서지정보유통지원시스템 홈페이지
(http://seoji.nl.go.kr)와 국가자료공동목록시스템(http://www.nl.go.kr/kolisnet)에서 이용하실
수 있습니다.(CIP제어번호: CIP2018041605)

ISBN 978-89-5658-597-0 03810

푸름에 홀릭

이 지 우 생태에세이

선우^{sunwoomedia}미디어

머리말

　나무는 봄부터 뜨거운 여름과 혹독한 추위 그리고 병충해 등을 견디며 수십 년에서 수천 년의 나이테를 키운다.

　가을이 되면 단풍의 절정에서 고생한 자신에게 박수갈채를 보내기라도 하듯이 나뭇잎을 한 잎 두 잎 떨어뜨린다. 철저히 겨울 준비가 끝났기에 미세한 바람도 마다하지 않고 나무와 이별도 덜어내기 작업도 과감하게 한다. 마지막까지 자연에 돌려주기 위한 작업이기에 소리 없이 최선을 다한다. 이런 모습을 보다 자신도 모르게 위대한 자연 앞에 고개가 숙어진다.

　약봉지를 끼고 살았던 나는 숲에 다니며 류머티즘이란 병 치유를 받고 자연에서 얻어진 글감으로 이렇게 한 권의 책이 완성되었다. 여러 가지로 미흡하고 부족한 점도 많이 있다. 그러나 몇 년간 자연에 기대어 살았던 나의 자그마한 이야기가 소중히 간직되었던 파일 속에서 세상 밖으로 나온 것이다.

　여기에 실린 이야기는 책갈피에 오랫동안 끼워둔 빳빳해진 나뭇잎을 조심스럽게 꺼내 보는 심정이랄까, 이야기를 펼치면

풀과 나무와 곤충, 그리고 푸른 하늘이 생생하게 눈앞에 떠오른다. 입가에 번진 하회탈 같은 미소와 함께, 권태로운 삶을 탈피하고, 내 삶의 전환점이 되어준 숲에서의 일상은 너무나 행복한 순간들이었다.

이 다이내믹한 이야기를 혼자만 간직하기엔 아쉬워 세상에 선을 보이지만 부끄러운 것도 사실이다. 철모르던 시절의 글쓰기 입문이 용감힘으로 무장을 하였다면, 무언가를 소금 알게 된 지금은 자신이 쓴 글에 대한 두려움이 앞선다.

1장과 2장에 실린 글은 주로 숲에서 만난 곤충과 들풀의 이야기이며, 3장은 아이들을 숲에서 만나 가슴 찡하던 순간들의 이야기이기로 구성하였다. 4장은 나의 어린 시절과 젊은 날의 추억을 담아 보았다.

몇 년간 산과 들로 쏘다니며 바쁜 호흡으로 써 내려간 글이라 거친 면도 많다. 나름 그때마다 열심히 살았던 나의 나이테의 모습이기에 애정도 간다. 의미 있던 2018년, 앞으로도 이렇게 푸른 시간을 보내기를….

글 쓰는 동안 옆에서 도움을 주신 분들과 가족, 그리고 이선우 선생님 진심으로 감사드립니다.

2018년 12월
이지우

제주도, 자연 그대로의 숲

차례

표지그림 및 본문 사진 : 저자 이지우

먹는 자 먹히는 자

왕사마귀

먹는 자, 먹히는 자

- 사마귀

벌초를 하러 갔던 남편이 사마귀 한 마리를 들고 왔다.

역삼각형 얼굴에 입체적으로 튀어나온 사마귀 눈이 인상적이

다. 고개를 갸우뚱하며 나를 노려본다. 앞다리를 들고 복싱 자세

를 취한다. "그냥 그곳에 두고 오지 왜 데려왔어"라고 남편에게 말하며 곤충 통을 내민다. 자세히 살펴보니 임신 중인지 배가 상당히 부르다. 스탠드 불빛 아래 놓고 나는 관찰을 시작한다. 내 앞에 있는 사마귀를 보며 알 낳는 광경을 상상하니 흥분된다.

곤충 통에 덩그러니 앉아 두리번거리는 사마귀를 보다가 불현듯 '아~ 먹이, 산 놈만 먹는다는데 이를 어쩌나,' 걱정되어 포충망을 들고 탄천으로 나갔다. 그때 시간은 밤 10시. 지나가던 사람이 힐끗힐끗 쳐다본다. 마치 나를 정신 나간 여자로 보는 것 같다. 만삭인 사마귀를 생각하며 어둠 속에서 풀밭을 뒤지기 시작했다. "스륵 스륵…." '아, 바로 저놈이다.' 귀뚜라미가 우는 쪽으로 한 발짝을 옮기자 풀숲이 조용하다.

귀뚜라미를 꼭 잡아야 한다는 생각에 걸음을 멈춘 채 바닥을 자세히 살폈다. 귀뚜라미 한 마리가 소리를 죽인 채 이리저리 기어 다니고 있다. 나는 숨을 죽이고 커다란 포충망으로 잽싸게 귀뚜라미를 향해 덮쳤다. '됐다.' 하고는 망 안을 자세히 보니 조금 벌어진 틈 사이로 어느새 빠져나가 풀 속으로 숨어버렸다. 1차시도 실패… 커다랗게 보이는 포충망만 원망스럽게 쳐다보고 있다. 휴, 한숨과 함께 어둠 속 풀밭을 바라보며 땅바닥에 쪼그리고 앉았다. '이 어둠 속에서 어찌 곤충을 잡는 담….' 어둠이 깊어 갈수록 가로등 불빛은 점점 밝아지며 풀숲을 훤히 비춰 주고 있다.

'흠~ 주인이 밖으로 나갔군. 배는 점점 불러오고 이 딱딱한 곤충 통이 난 답답해. 나는 새끼를 낳을 보금자리와 알을 낳으려면 이곳에 있으면 안 되는데…. 어디 보자. 구멍이 너무 작아 도망갈 수도 없군. 불빛이 강해 눈이 부시고 몸도 뜨거워지네. 이런, 불을 끄고 나갈 것이지 전등 바로 아래 놓고 나를 고문시킬 작정이로군.' "철커덕" 현관문 열리는 소리가 나더니 주인 발소리가 점점 가깝게 들린다. 내가 있는 곤충 통 뚜껑을 열고 귀뚜라미 3마리를 넣어 주고 뚜껑을 닫는다.

귀뚜라미 1 : 너희들도 잡혀 왔구나! 난 말이야 소리 내며 노래 부르다가 이 집주인 여자한테 잡혀 왔어. 풀숲 음악발표회가 있어 난 독창 연습을 하던 중이었지.

귀뚜라미 2 : 나는 소나무 숲에 들어갔다가 솔잎이 따갑고 발이 자꾸 미끄러져서 풀숲 쪽으로 거처를 옮겨 가다가 잡혀 왔어. 재수가 없지 뭐야! 쳇!"(하고는 낯선 통 속이 두려워 안절부절못

하며 왔다 갔다 한다.)

귀뚜라미 3 : 난 말이야, 산책하는 사람이 풀숲을 마구 밟으며 지나가더군! 그곳에서 모처럼 쉬고 있다가 변을 당했어. 몸의 반을 밟혀 뛰지를 못하니 절룩거리며 다른 쉼터를 찾아가다 이 집 주인에게 잡혀 왔어. 운명이란 팔자소관이지. 난 뛸 수도 없고 먹지를 못해 기운도 없어, 이제는 숨쉬기도 힘들어.

사마귀 : 이 집 주인아저씨한테 잡혀 오느라 쫄쫄 굶었는데 먹잇감이 3마리나 눈앞에서 왔다 갔다 하고 있군. 제일 싱싱한 1번 귀뚜라미 포착. 스캔 완료. '바로 저놈.'

나는 사마귀의 행동을 한순간도 놓치지 않고 주시하고 있다. 사마귀는 성큼성큼 단번에 귀뚜라미 앞에 다가간다. 커다란 몸집으로 귀뚜라미 앞에서 숨을 죽이고 마치 풀인 척 자세를 취하더니 천천히 그리고 빠르게 수축과 이완을 반복하며 귀뚜라미 곁으로 다가가 눈동자만 돌리고 있다.

낯선 공간이 궁금해 왔다 갔다 바삐 움직이던 귀뚜라미는 사마귀 등에도 올라타 본다. 본인의 운명을 감지나 했을까! 사마귀는 요지부동 자세로 있다가 귀뚜라미가 등에서 뛰어 내리는 순간 오른쪽 앞발을 "휙~"내밀어 단 한 번에 잡는다. 귀뚜라미가 발버둥을 치면 칠수록 예리한 가시 발은 귀뚜라미 몸을 점점 더 깊이 파고든다. 쩔쩔매는 귀뚜라미 엉덩이에서 풀 똥이 나오기 시작한다. 사마귀는 여유 있는 표정으로 귀뚜라미를 이리저리 살피더니 이중 턱을 크게 벌려 배를 한입 물어뜯는다. 내장 반이 잘려나간다. 파열된 창자가 사마귀의 입가에 매달려 있다. 야릇한 미소를 지으며 우적우적 씹어 먹고 있는 모습이 섬뜩하다. 그리고 한입…. 또 한입….

나는 먹는 자의 입과 먹히는 자의 고통을 동시에 보고 있다.

내 심장 박동수와 모든 신경이 곤두선다. 나는 한 동작도 놓치지 않고 눈으로 스캔 중이다. 귀뚜라미의 여섯 개 다리가 서로 엇갈리며 허공에서 발버둥을 친다. 남아 있는 신경 모두가 움직이고 있다. 가장 연한 배가 통째로 사라졌고 이번에는 가슴팍으로 사마귀 입이 들어간다. 연한 살만 파먹고 날개는 바닥에 떨어뜨린다.

툭.

잠시 후 머리 부분도 바닥에 떨어진다.

툭.

곤충 통 바닥에 내 눈이 고정된다. 파르르 더듬이의 잔 떨림을 눈으로 느끼고 있다. 사마귀는 식사 후 날카로운 톱니 발 사이사이에 낀 귀뚜라미의 잔재를 핥으며 온 몸을 깨끗이 단장하더니 평화로운 자세로 앉아 있다. 마치 아무 일도 없었던 것처럼….

바닥을 이리저리 기어 다니는 한 마리 귀뚜라미와 거동이 어려운 귀뚜라미 한 마리가 눈에 들어온다. 동료의 죽음을 눈치 못 챈 듯하다.

'저 두 마리도….'

생존 작전

- 청띠신선나비 애벌레

나무의 그림자가 길게 드리운 숲을 지나가다 눈에 띄는 애벌레를 만났다. 청가시덩굴에서 먹이 활동을 하다 눈에 띈 애벌레다. 이놈은 무시무시한 가시를 온몸에 달고 있어 만질 수가 없다. 애벌레의 고슴도치라고 해야 하나. 먹는 잎은 청가시덩굴만 먹는다. 잎의 가장자리부터 사각거리며 열심히 먹어 대고 커다란 똥을 한 덩어리씩 싸 놓는다. 마치 한약방에서 파는 약제 환같이 생긴 똥이 바닥에 수북하다. 잘 먹고 예쁜 나비로 나오렴.

청가시덩굴에도 가시가 있고 이 녀석도 온몸을 하얀 가시를 덮고 있는데 이놈이 더 강한 모양이다. 가시가 있는 식물을 식초食草로 삼고 있으니….

몇 년 전 풀 공부를 할 때 옆에 있던 분이 보기에는 이래도 귀한 나비가 나올 거니까 가지고 가서 관찰해 보란다. 궁금한 생각에 나는 애벌레를 집으로 데리고 왔었다.

하루 이틀 열심히 먹고 자고 싸고 하던 놈이 거동을 안 한다. 자세히 보니 피부 가시 사이로 하얀 묵처럼 보이는 것이 수북하다. 이상하다. 어제까지 멀쩡했는데 이게 뭘까 하고 루페로 자세히 보는 순간 깜짝 놀랐다. 기생벌의 애벌레가 디글디글 피부를 뚫고 나오고 있는 게 아닌가. '어머나, 이를 어쩌.' 머리끝부터 발끝까지 소름이 쫙 돋는다. 내 몸에 오글거리는 벌레가 기어가는 느낌인데 말로 표현하기가 어렵다. 나는 이러지도 저러지도 못한 채 기생당한 청띠신선나비 애벌레를 넋 놓고 보고 있었던 기억이 난다.

이번에 만난 애벌레는 피부가 윤기도 나고 탱탱한 게 건강해 보인다. 나는 소중하게 다루며 애벌레를 집으로 데려와 또 한 번 희망을 품는다. 이 벌레가 청띠신선나비가 되는 과정을 이번에는 자세히 관찰해야지.

애벌레를 데려다 놓고 외출 후 저녁 늦게 집으로 돌아왔다. 이 녀석은 식성이 좋아 어찌나 많이 먹었는지 먹이가 동이나 잎의 살은 없고 뻣뻣한 잎맥만 보이는 게 아닌가. 밤새 굶을까 봐 먹이를 구하기 위해 밤 11시에 산으로는 못 가겠고 율동공원 입구 쪽에서 보았던 청가시덩굴이 있던 곳이 생각나 달려 가보

청띠신선나비 애벌레

청띠신선나비 애벌레의 온몸이 가시로 덮여 있다

청띠신선나비

니 역시 싱싱한 청가시덩굴이 나를 반겨주고 있었다. '그래. 애벌레야 조금만 기다려 싱싱한 잎을 가져다 줄 테니.' 여린 잎으로만 몇 장을 따가지고 왔다.

그날 이후 나는 통을 들여다보며 묻는다. '얘야, 너의 변신을 언제 보여줄 거니?' 들뜬 마음으로 날마다 관찰하던 어느 날, 어쩐 애벌레의 몸놀림이 이상함을 발견한다. 몸부림일까? 아니면 번데기가 되기 위해 번데기 집 지을 자리를 잡으려고 저런 행동을 하는 것일까? 마치 자학하듯이 곤충 통 벽을 오르다 떨어지고 오르다 떨어지기를 계속 반복한다. '아, 나비가 되는 과정이 저리도 힘든 거구나.' 하는 안타까운 마음을 접고 잠자리에 들었다. 다음날도 일정이 바쁜지라 애벌레를 만나지 못한 채 외출하고 돌아왔다. '아차, 애벌레!' 하며 애벌레가 있는 방으로 다가갔다. 이상하다. 건넛방으로 들어서는데 싸늘한 기온이 느껴진다. 통 안을 들여다보는 순간. 또 하얗게 변해버린 청띠신선나비애벌레…

'에이, 나쁜 기생벌.'

'또….'

번데기가 되기는커녕 애벌레 시절에 기생벌에 숙주를 당해 생을 마감한 애벌레를 보며 나는 한동안 얼음이 된 자세로 그

자리에 서 있었다.

기생벌이란 이름은 그냥 붙인 게 아닌 모양이다. 다른 애벌레의 몸에 자신의 알을 낳아 다른 애벌레가 수고한 양분을 먹여 키우니, 기생벌만의 생존전략이라지만 저렇게 열심히 먹고 살을 찌워 번데기와 나비가 되어보기도 전에 기생 당한 애벌레의 죽음을 보며 나는 가슴이 아팠다.

이제, 다시는 애벌레를 집으로 데리고 오지 않기로 마음먹는다.

하얀 구더기처럼 생긴 애벌레가 청띠신선나비애벌레의 온몸에서 춤을 추며 나오던 기생벌 애벌레의 모습이 생각났다. 순간, 마치 나의 온몸에서 벌레가 나오는 것처럼 느껴졌다.

나는 얼른 청띠신선나비 애벌레를 청가시덩굴 잎만 골라 넓게 몇 겹으로 편 후 애벌레를 동그랗게 말아 놓고는 가시가 없는 쪽의 줄기로 꼭꼭 싸서 탄천으로 가지고 가 볕이 잘 드는 양지쪽 땅을 조금 파서 묻어 준 후 땅을 정성스레 꼭꼭 눌러 주고는 먹먹해진 마음을 달래려 멍하니 하늘만 바라본다. 저녁 햇살이 붉다. 아니 검다.

다음 생애는 기생 당하지 말고 예쁜 청띠신선나비가 되어 하늘을 훨훨 날아다녀 주렴.

기생식물과 기생충

- 미국실새삼

초록의 풀 위에 노란 실타래를 풀어 놓은 듯 자라는 미국실새삼을 풀숲에서 흔히 만날 수 있는 기생식물이다. 탄천을 걷는데 아주머니 한 분이 뭔가를 열심히 뜯고 있는 것을 보고는 "무얼 그리 열심히 뜯으세요?"라고 묻자 이것이 약이 된다고 티브이에 나오기에 뜯으러 나왔다고 한다. 매스컴의 위력을 또 한 번 느낀다.

몸에 좋다고 하면 무조건 채취하는 사람들을 보면 한마디 하고 싶어진다. 좋은 약도 체질과 약효를 알고 먹어야지 무조건 먹는다고 몸에 이로운 것은 아니라고….

탄천 변에 있는 쑥대를 노란 줄로 칭칭 감고 올라오는 놈이 있다. 가시털이 많은 환삼덩굴에는 아예 노란 이불이 되어 덮어

미국실새삼-꽃과 여러 가닥의 줄기

미국실새삼-빨판 모양이 다른 식물에 붙어 있는 모습

주고 있다. 환삼덩굴에 착 붙어있는 미국실새삼을 몇 가닥 떼어내 루페로 관찰한다. 가는 줄기에 오징어 다리같이 생긴 빨판 모양이 붙어있다. 이 빨판으로 다른 식물에 착 붙어 감고 있으니 기생당하는 입장에서는 꼼짝없이 당할 수밖에 없는 것이다.

환삼덩굴도 번식률로 따지면 만만치 않다. 그런데 이렇게 강한 미국실새삼이 나타나 한 가닥도 아닌 여러 가닥의 줄기를 뻗어 덮어버리니 과연 누가 승자가 될지는 더 지켜봐야 할 것이다. 이렇게 미국실새삼은 다른 식물의 관다발에 자신의 줄기를 꽂아 영양분을 빼앗아 먹으며 자란다. 스스로 어떤 노력도 하지 않고 일해야 하는 수고로움이 없어 참 편해서 좋을 듯하다.

새로운 도전을 좋아하는 나는 이곳저곳을 기웃거리는 성향이 있다. 한 우물을 파야 한다지만 호기심이 많아 궁금한 것은 경험을 통해 습득한다.

새로운 모임에 갔을 때의 일이다. 아이디어 회의 때 좋은 생각이 나기에 즉흥적으로 다 풀어 놓았다. 그리고 며칠 지났는데 아뿔싸, 옆에 있던 친구가 마치 자기가 생각해낸 것처럼 이야기하는 게 아닌가. 다른 모임에서도 똑같은 경험을 한다. 듣고 있던 사람이 나의 아이디어를 자기 생각인 양 발표를 한다.

'이건 아닌데….' 나는 속으로 다짐한다. '입을 다물어야지….

어디서든 내 생각을 내놓지 않기로 했다. 그러다 보니 반짝거리는 아이디어를 혼자 머릿속으로만 가지고 있고 기록마저 없으니 세상 밖 구경도 못하고 소멸하는 것들이 많아졌다.

'어. 이건 더더욱 아닌데….'

어찌 처신해야 옳은지. 무엇이 정답일까. 남의 아이디어를 훔쳐 우월주의에 빠져 사는 삶보다는 나를 내어주고 행복하게 사는 것도 그다지 나쁘지 않을 텐데….

인간의 세계나 동·식물의 세계….

생명을 가진 것 모든 것들은 살기 위해 치열하지 않은 게 없는 것 같다. 자연에서의 치열함은 조화이고 살아있음의 증거라는 생각에 머문다.

지나가는 남자분의 손에도 한 무더기 노란 실타래가 쥐어져 있다. 미국실새삼이다.

나는 이 식물을 보면 기생충이 생각난다. 배가 살살 아프다. 집으로 들어가는 길에 자연스럽게 나는 약국으로 발걸음을 옮긴다. 약을 먹어 내 몸속에 있는 미국실새삼을 떼어 내야겠다.

낯선 안내자

– 길앞잡이

몇 년 전 금토산을 찾았다. 오후 3시의 숲은 고요하고 한적하다. 그 시간대 숲길에는 오가는 사람도 거의 없다. 대부분 숲에서 내려갔기 때문에 산책로는 더욱 한산하고 적막하기까지 했다.

이 분위기를 즐기며 산책을 하는데 후드득하고 내 앞을 날아가는 길앞잡이를 만났다. 색이 화려하다. 몇 미터 앞으로 날아가 사람이 다가오는 쪽을 바라보고 앉아있다. 딱정벌레류 중 가장 화려한 자연색을 가진 친구를 만나다니 흥분되는 순간이다. 조물주의 은총을 혼자 받지 않고야 이렇게 화려하고 멋질 수 있을까라는 생각을 잠시 해본다. 툭 튀어나온 눈, 날카로운 턱, 화려한 색의 옷을 입은 날개, 정말 아무리 봐도 이 곤충은 예술작품 같다.

'길앞잡이'화려한 색 때문에 한번 만난 사람은 갖고 싶어 한다.

길앞잡이

성충에 비해 애벌레 시절은 흉측할 정도로 못생겼다. 땅속에 일직선으로 구멍을 뚫고 숨어 있다가 지나가는 곤충을 재빠르게 잡아먹는 위장술을 쓴다. 턱이 어찌나 발달했는지 사냥을 하면 백발백중이다. 사실 나는 길앞잡이라는 이름이 마음에 안 든다. 앞잡이 노릇하던 사람들이 연상되기 때문이다.

숲길에서 한 발 한 발 따라가다 이 곤충의 특이한 점을 발견했다. 내가 다가가는 것을 모르쇠하고 있다가 가까워지면 휙 날아간다. 멀리 날아가는 것도 아니고 몇 미터만 날아가 앉아 있다가 사람이 1~2미터쯤 다가오는 진동을 느끼면 다시 몇 미터 앞으로 날아가 사람이 다가오는 방향을 바라보고 앉아 있다. 마치 나를 기다리기라도 하듯이….

알아보니 이런 행동은 기다리는 게 아니라 멀리 날아가기 전에 시야가 흐려지기 때문에 날아가다 쉬는 동작을 반복적으로 한다는 것이다. 화려한 대신 시력이 시원치 않다는 것을 알고는 공평이라는 단어가 떠올랐다.

그날 이후 금토산에 갈 때마다 자주 만났으며 특히 묵 논 쪽에는 애벌레 구멍이 여기저기 뻥뻥 뚫려 있었고 구멍 속에 있는 애벌레가 궁금했으나 성충을 볼 마음에 그냥 지나치곤 했다.

얼마 전 그 장소에 공사 차량이 들락거렸고 주변은 정비되어 좀작살나무 등이 식재되었으며 바닥에는 야자수로 엮은 가마니가 흙의 손실을 막기 위해 땅을 덮어 버렸다. 공사 후 최근에는 모두 이사를 하였는지 통 만날 수가 없다.

길앞잡이, 가까이 다가가면 잡힐 듯, 놀리듯 날아가서 심심하지 않게 따라가며 장난치고 걷던 숲길이지만, 지금 이 장소에서 흔적도 없이 사라진 길앞잡이를 혹시나 만날까 하는 기대심리로 걷는다. 나는 그때의 그 숲이 그립다.

지금은 변화된 숲길. 개발이라는 단어에 포함된 명암의 한 단면을 '길앞잡이'라는 곤충을 통해 실감한다. 아쉬운 마음을 접고 걷다 보니 유아 숲 체험원 가는 방향이라는 화살표가 그려진 안내 표지판만이 길을 안내해 주고 있다.

낯선 길앞잡이가….

변신의 꿈을 접다

- 산호랑나비 애벌레

바람이 심하다. 신경 쓰지 말고 놀러오라는 형부 말에 친구 6명을 데리고 형부네 곤지암 농장을 찾았다. 농장에는 상추, 고추, 도라지, 땅콩에 토종닭까지 키우는데 그야말로 없는 게 없다. 점심식사를 위해 달려온 마음과 짐을 풀었다.

마당 한쪽에 움푹 들어가 물이 고인 곳에 애벌레가 빠져 꿈틀거리고 있는 게 눈에 띈다. 나는 물속에서 얼른 건져 살핀다. 산호랑나비 애벌레였다. 5령은 된 듯 몸집이 크고 귀엽다. 어쩌다 물웅덩이에 빠졌는지, 강한 바람에 이곳까지 날아온 걸까. 주변을 보니 뽕나무만 있는데 어디서 떨어졌을까?

이 친구는 산형과 식물만 먹는 애벌레이기에 먹이를 몇 잎 따서 집으로 데리고 왔다. 나의 개인적인 이기심이 발동해 애벌

네발나비 번데기

산호랑나비 애벌레

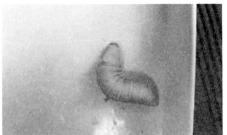

유리산누에나방 애벌레

매미나방 애벌레

레를 관찰하고 번데기 시절을 거쳐 나비가 되는 변신 과정을 자세히 보고 싶었다.

집에 데려온 지 이틀이 지났다. 내가 보기에는 곧 번데기가 될 듯 먹이를 엄청 먹어 대고 똥도 많이 싸놓는다. 책상 위에 놓고 책을 보고 있는데 엄청 부산스럽게 왔다 갔다 한다. 그런데 행동이 이상하다. 먹이는 입에도 안 대고 발작하듯 온몸을 떨어댄다.

왜 이러지, 종일 몸부림치며 떠는 행동을 하는 것이다. 번데기가 되기 위한 옷 입기가 이리도 힘든 걸까. 몸부림은 고통을 호소하듯 지켜보기 안쓰러울 정도로 애절하다. 대화가 통하면 좋으련만, 안타까운 마음에 그저 지켜만 보고 있을 뿐이다.

외출 후 집에 돌아와 애벌레 통을 들여다보니 변신을 하고 있는 중이다. '바로 이거….' 내가 정말 보고 싶었던 거였는데 지금 머리부터 스르르 다른 옷을 입고 있다. 머리 부분부터 번데기 탈을 쓴 채 반은 아직 애벌레 모습을 하고 있다. 나머지 변신을 기다리며 시간에 궁금증을 묻고 자세히 보고 있다. 서서히 옷을 갈아입고 있는 옷…, 많은 시간이 지났다. 가끔 잔 떨림만 있을 뿐 더 이상의 변화가 없다.

'애벌레야, 이러면 안 돼, 힘을 더 내라고….'

'변신은 어쩌고….'

혹시나 하는 마음에 눈을 고정하고 살피고 있다. 더 이상 움직임이 없다. 물에 빠진 것을 살려 번데기와 나비가 되면 날려 보내려 했는데 이렇게 허망하게 번데기 옷을 입다 말고 생을 마감하다니….

마음이 너무 아프다.

며칠 전 농장에서 한 친구가 하던 말이 떠오른다. "이왕에 태어날 거 금수저를 물고 태어났으면 좋으련만, 흙수저를 물고 태어나 억울해. 이 나이에 그런 꿈을 꾼다는 건 언감생심焉敢生心인가."라며 큰 소리로 떠들던 친구의 허한 웃음소리가 허공을 치고 나간다.

"미인의 꿈, 재벌의 꿈도, 더 기회가 주어지지 않을 것들에 대해서 이제는 그 꿈들을 모두 접어야겠어."하던 친구 말이 변신의 꿈을 반으로 접은 애벌레에 투영된다.

더 크게 울어

— 매미

창틀에서 매미가 한바탕 시끄럽게 노래를 하고는 조용하다. 뜨거운 바람이 방충망 사이로 훅하고 들어온다. 여름이 무르익어가고 있다. 아파트 화단에는 여러 종의 나무가 식재된 지 오래되어 매미도 참 많다.

놀이터 옆 벗나무에 매미가 다닥다닥 매달려 있다. 암매미가 게걸음을 하며 옆으로 슬슬 기어간다. 나무줄기에서 숫매미가 암매미에게 가까이 다가가 소리 높여 울고 있다. 암매미는 슬금슬금 뒷걸음과 옆걸음으로 자리 이동을 한다. 다른 숫매미 한 마리가 또 날아와 앉는다. 두 마리의 숫매미가 서로 목청을 높이며 노래를 한다.

남편이 저녁 10시경 퇴근길에 땅에서 나와 길 잃은 매미 한 마리를 들고 왔다. 투명한 허물을 뒤집어쓰고는 성충으로 태어

참매미

매미와 매미허물

애매미가 탈피하고 있는 모습

나기 위해 탈피 장소를 찾지 못한 매미였다. 허물과 매미를 보았지만 이렇게 허물까지 쓰고 나온 매미는 처음 본다. 시커먼 것이 꿈틀거리니 나는 섬뜩하여 만질 수도 눈을 똑바로 바라볼 수도 없었다.

매미를 안전하게 곤충 통에 넣고 아파트 화단에 있는 나뭇가지를 주워다 넣어 주었다. 그러자 예리한 발로 가는 잔가지를 타고 위를 향해 올라간다. 지금 이 매미는 탈피를 위한 에너지를 쓰며 최선을 다하는 중이다.

7년을 땅속에서 살다 세상에 나온 매미를 채집통에 가두고 죄의식에 잠시 빠진다. '밖에 내다가 안전하게 탈피를 하게 할까. 아냐, 그래도 한번은 직접 보아야 해….' 갈등은 관찰하는 쪽으로 결정한다.

아침에 일어나 눈을 뜨자마자 매미가 궁금해 통을 들여다보니 매미는 보이지 않고 허물만 바닥에 있다. 곤충 통 안을 찾아보니 매미가 거꾸로 매달려 있다. 탈피한 지가 얼마 안 돼 날개와 몸에 초록빛이 돌고 있었다. 매미의 비닐 같은 투명 날개에 얼기설기 지나가는 그물 줄에 형광 초록 피가 돌고 있다. 시간이 지나며 점차 검게 변하고 있다. 여린 날개를 손으로 만지면 잘못될까 봐 완전한 모습으로 말리고 스스로 날 수 있을 때까지 그대로 두었다.

시간이 흘러 성충이 된 것을 확인 후 매미를 꺼내 배를 살펴보니 발음기관이 있는 것으로 보아 숫매미다. 몸을 만지니 울기 시작한다. 그것도 쉰 목소리로 "맴 맴 맴 매---엠-", '이놈은 울음소리를 들어 보니 참매미로군!' 첫울음 소리를 들었다. 감동의 순간이다. 마치 아이가 태어나 첫울음을 우는 것처럼 "맴 맴 맴 매---엠"

숫매미의 구조는 배와 가슴 사이에 발음기관이 있다. 발음기관을 열어 소리를 내다가 마지막 소리를 낼 때는 엉덩이를 바짝 들고 소리를 길게 내는 것이다. 짝짓기의 선택은 암매미만 한다. 3~7년 동안 땅속에 살다가 세상 밖에 나와 짝짓기가 끝나면 숫매미는 곧 죽는다. 땅에 떨어져 죽은 매미를 보고 나는 누가 일부러 죽인 줄 알았던 때도 있었다.

암매미는 발음기관이 없고 숫매미가 힘차게 울면 목소리가 맘에 드는 숫매미에게 다가가 짝짓기를 한다. 대부분 곤충이나 동물은 이렇게 암컷이 수컷을 선택한다. 짝짓기가 끝나면 암매미는 산란관을 나무껍질 속에 꽂아 알을 낳는다. 알은 줄기 속에서 겨울을 난 후 다음 해 애벌레가 되어 땅속으로 들어가 나무뿌리 즙을 빨아 먹으며 땅속 생활을 한다. 긴 땅속 생활을 본격적으로 하는 것이다.

탈피, 그것은 세상과의 인사, 짝짓기와 죽음이다.

매미의 삶을 생각하며 공원길을 걷는다. 검은 먹구름이 공원의 하늘을 가린다. 바람도 검은색을 띤다. 그 사이로 가는 빛이 들어온다. 매미 울음소리도 바람을 타고 허공에 수를 놓고 있다.

매미야 더 크게 울어….

새 둥지 속에서 무슨 일이

현절사 옆 계곡 주변에는 물가에서 잘 자라는 귀룽나무가 많
았는데 가지를 축 늘어뜨리고 하얀 꽃을 피워 봄의 향기를 맘껏
뿌리고 있다.

이곳은 새들에게 알맞은 환경을 모두 갖추고 있다. 습한 것
빼고는 경치가 아름다워 나도 이곳을 자주 찾는데 또 다른 이유
는 시아버님이 현절사 연구 발표와 『현절사』라는 책을 출판하
셨기에 남다르게 애정이 간다.

오늘은 봄기운을 받으며 포란 중인 다양한 새를 현절사 근처
에서 인공둥지를 열어보며 새를 관찰하는 날이다. 새들 영역을
침범한 사람의 인기척에 놀란 새들이 나무 사이를 왔다 갔다
하며 쉼 없이 지저귀며 경계태세를 한다.

동고비 일가족의 죽음

우리는 봄기운을 느끼며 남한산성 새 지킴이의 지시만 기다리며 숨을 죽이고 지켜보고 있었다. 첫 번째 둥지를 조심스럽게 열어본 지킴이의 표정이 심상치가 않다. 짐작으로 무슨 일이 생겼음을 알 수 있었다. 드디어 오라는 손짓을 하고는 혀만 쯧쯧 차고 있다. 하나 둘씩 모여 들은 회원들도 둥지 안을 들여다 보고 표정이 모두 하얗게 굳는다.

인공둥지 안에는 동고비 암컷이 9개의 알을 지키다 죽음을 맞이한 것이다. 마지막 죽어가면서까지 알을 품으려 했던 동고비의 모성애에 모두 할 말을 잃고 동고비 일가족 몰살 참혹사를 다 같이 지켜보고는 "어떡해"란 말만 되풀이하며 그 자리에서 얼음처럼 서 있었다. 내가 해줄 수 있는 일이 무엇일까를 생각하는 시간이다.

하필, 귀룽나무 사이로 햇살이 자유롭게 들락거린다. 너무 아름다워 야속하기만 하다.

또 다른 둥지를 열다

첫 번째 둥지를 관찰 후 다시 나무에 매달아 주고 장소를 이동해서 두 번째 둥지를 열었다. 이번에는 박새의 알이 수북하다. 박새는 주로 마을 담장의 작은 틈에다 집을 짓고 살면서 사람들과 친하게 사는 텃새인데 인공둥지에다 알을 9개나 낳고 포란 중이다. 동고비와는 알의 크기는 비슷하나 점점이 찍힌 연한 붉은 색의 패턴은 동고비 알과 조금 다르다. 둥지 안에 박새가 없어 편하게 알을 관찰하고 다시 나무에 걸어 주었다.

세 번째 둥지를 열었다. 그 안에 곤줄박이 암컷이 알을 품은 채 둥지를 지키고 있다. 둥지를 건드리자 나무 주변에 있던 수컷이 우리들 머리 위로 왔다 갔다 하며 마구 지저댄다. 우리를 본 암컷은 알을 품은 채 사나운 표정과 날개를 곤두세우고 부리로 우리를 향해 마구 공격을 한다. 알을 해칠까 봐 꼼짝도 안하고 앉은 자세로 쉼 없이 공격하다가 이내 밖으로 날아가 수컷과 합세해서 나뭇가지에서 우릴 지켜보며 계속 울어댄다. 나는 어미를 안심시키게 빨리 둥지를 제자리에 걸어주자고 제안했다.

속으로 탐조에 대해 갈등하고 있는 나를 본다. 이것은 분명

새에게 스트레스를 주고 있는 게 틀림없다. 인간중심의 관찰과 탐조라는 행동이 새들에게 미치는 영향에 대해서…. 지켜주는 게 아닌 지나친 간섭은 아닐까 하는 생각도 해본다.

탐조 후 내려오는 길에 처음에 열어본 동고비의 둥지가 생각난다. 둥지 속 동고비가 계속해서 나를 따라 내려온다. 차갑게 식은 어미 동고비는 마지막까지 알을 품다 하늘나라를 간 모습이기에 더욱 긴 여운에 안타까웠다. 어디서 몹쓸 것을 먹고….

귀룽나무의 하얀 꽃비가 바람을 타고 날아다니다 땅에 추락한다. 이미 떨어져 흩어진 꽃잎을 바라보며 씁쓸한 마음을 가라앉힌다.

하루살이의 갑춰진 비밀

길을 걷는데 내 눈 속으로 날아든 깔따구 한 마리가 수영하고 있다. '이런,' 재빠르게 손수건을 꺼내 눈꺼풀을 뒤집어 가며 빼내려 하나 만만치 않다. 생수도 없고, 안약도 없고, 깔따구가 슬금슬금 눈동자를 기어 다니는 게 느껴진다. 눈알에서 작은 곤충이 몸부림치니 내 눈이 걱정스럽다.

문득, 인간이 하루살이처럼 하루만 산다면 1초를 쪼개고 또 쪼개서 쓰면 될까. 엉뚱한 상상을 해본다. 단위 계산으로 하루를 나누어야 할 거 같다. 1초에 할 수 있는 일이 무엇이 있을까? 눈 한 번 깜빡이기…. 이처럼 초치기인데 무얼 할 수 있을까?

이런 생각을 하며 불곡산 계곡에서 물웅덩이를 찾았다. 1급수나 2급수에서나 만나 볼 수 있는 하루살이를 만나기 위해서다. 물살이 폭포처럼 떨어지는 곳에 뜰채를 대고 주변을 훑치면 작은 모래나 돌 사이에 눈에 보이지도 않는 투명하고 작은 생명체를 만날 수 있다. 그것을 보기 위해 물방울로 작은 물 무덤을 만든 다음 한 마리를 붓으로 옮겨 담은 후 관찰을 시작한다.

하루살이는 배 쪽에 기관아가미라는 게 있다. 이 기관을 통해 산소 공급을 하는데 지느러미처럼 생긴 게 물속에서 파르르 움직이는 모습은 카약 선수들이 빠르면서도 질서 있게 노를 젓는 모습처럼 보인다. 그 모습은 예술이며 아름답기까지 하다.

하루살이는 물속에서 수서생활을 1년에서 2년 정도 성장기를 거친 후 물 밖으로 나와 우화한다. 그런데 그다음이 문제다. 물 밖 생활은 먹이활동을 할 수 없게 턱이 막혀있다. 즉 먹이활동은 전혀 하지 않고 종족보존 때문에 짝짓기 활동을 위해 1일에서 3일까지 세상 밖 생활을 하는 것이다. 우화해서 날아다니는 기간이 하루에서 사흘 동안의 생활이 전부인데 오직 짝짓기만을 위함이라니…. 숲 공부를 같이했던 남자분이 이를 알고는 "와 부럽다"라고 말을 해 한바탕 웃은 적이 있다.

사람을 하루살이에 비교하는 경우 주로 나쁜 쪽으로 비하한다. 돈벌이가 시원치 않아 하루 벌어먹고 사는 사람.

그러나 실제 하루살이는 물속에서 사는 기간이 더 많고 여린

몸으로 계곡 물살을 견디며 포식자에게 잡아먹히지 않고 살아남은 것이기에 날아다니는 성충은 참으로 대단하다고 할 수 있다. 앉아 있는 그 자태 또한 아름답고 우아하기까지 하다. 공원에 가면 자주 만나는 동양하루살이가 특히 아름다운데 가끔 거미줄에 걸려 있는 걸 보게 된다.

나도 모르게 속으로 이를 어쩌나 짝짓기는 했는지, 남자친구나 여자 친구는 만나 봤는지 안타깝다. 서로 먹고 먹히는 생태계의 순환을 보면 지극히 정상적인 일이라 할 수 있지만, 저 곤충의 입장을 알 수 없으니 의문과 걱정이 앞서는 건 나만의 생각일까.

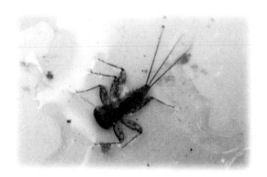

두점하루살이

야생적 유혹

가을바람이 쉬는 곳

- 가을 풀꽃

바람은 숨을 멈추고 하늘은 푸르다. 구름은 얇은 흰 비단옷을 입고 하늘에 듬성듬성 그림 그리기에 열중이다. 길가엔 풀들이 무성하다. 여름 끝자락에서 여름 풀꽃들이 가을준비에 여념이 없다. 풀꽃들의 전략은 씨앗에서부터 싹 틔우고 꽃피우고, 씨앗을 만드는 일이다. 종족보존의 전략이다.

　　루페와 카메라를 목에 걸고 배낭에는 간단한 점심과 간식거

리가 들어있고, 손에는 메모지와 볼펜을 들고 순서대로 적기에
여념이 없다.

가을풀꽃 공부가 시작되었다.

첫 번째 만난 친구는 '쇠서나물', 이 꽃은 연한 노란색 얼굴을
하고 있다. 잎의 모양이 소의 혓바닥을 닮았다. 그래서 붙여진
이름이 쇠서나물이다. 잎은 거칠거칠하고 털이 많다. 설상화와
통꽃을 겸하고 있으며 외래종이란다.

옆을 보니 연보라색 얼굴을 한 꽃이 기다리고 있다. "이 친구는
이름이 뭘까요?" '쑥부쟁이' 쑥을 뜯던 대장장이 딸이 죽어 핀 꽃
이란다. 여리고 조금은 슬픈 연보랏빛 얼굴을 하고 있다. 그리고
'개쑥부쟁이', '까실쑥부쟁이', '미국쑥부쟁이', '벌개미취 등'….
"이 모두가 국화과예요." 풀꽃 공부 초짜인 나로서는 그 얼굴이
그 얼굴이라 구분이 쉽게 안 된다. 일단은 메모를 열심히 했다.

장소를 이동한다. 화악산의 수업 장소가 군사도로인지라 군
용차와 공사 차량이 가끔 한 대씩 지나간다. 하얀 먼지를 마셔
가며 화악산의 풀꽃 공부에 회원 모두가 진지하기만 하다. 도로
가 없었으면 쉽게 접근하기 어려운 곳엔 바위틈 사이로 길게
늘어진 '금강초롱 꽃'이 하늘거리며 인사한다.

미국 쑥부쟁이

개미취

쑥부쟁이

'와! 오묘한 꽃을 실제로 만나니' 감동 그대로다. 책을 통해서 만난 적은 있었지만, 산속 현장에서 '금강초롱꽃'을 만나다니! 나도 모르게 입이 떡 벌어진 채 한동안 그 자리에 서 있다. 이 친구의 얼굴은 진보라색이며 수줍은 새색시 같은 모습이 일품이다. 언덕 위에서 하늘거리며 다소곳이 초롱불을 밝히고 나그네인 우리를 맞이해준 이 친구를 두고 가자니 발길이 떨어지질 않는다.

화악산의 풀꽃 공부는 무더위에도 아랑곳하지 않고 모두가 풀꽃 사랑에 흠뻑 젖어있다.

'휴,' 슬슬 배꼽시계가 신호를 보내던 차에 조교가 공지한다. 이곳에서 잠시 쉬며 점심시간을 갖는다고 한다. 각자가 준비해온 음식을 꺼내놓는다. 회원 20여 명이 준비해온 음식을 모두 한 가지씩 꺼내놓으니 쉬는 장소는 작은 뷔페식당이 된다. 풀꽃 향기 담은 점심은 소박하고 정이 담겨있다.

높은 산, 가는 바람이 줄다리기를 하는지 오른쪽 왼쪽 볼을 살며시 당겨준다. 유난히 짙푸른 가을 하늘이 눈 속에 하나 가득 들어온다.

오전에만 40여 가지의 풀꽃 이름과 특징을 열심히 메모하였으나 오후가 되니 내 머릿속이 하얗다. 나만 그런가? 그 얼굴이 그 얼굴 같다. 처음 보는 것들이라 머릿속이 혼란스럽다. 풀꽃만 삼천여 종이 넘는다는데 무모한 도전인가? 식사 후라 다리가 점점 무겁고 숨이 차오르기 시작한다.

조금씩 회원들 대열에서 뒤처지기 시작하던 차에 앞서가던 일행 중에 누군가가 "엄마야" 하고 소리를 지른다. 무엇인지 궁금해서 단걸음에 그곳에 달려간다. 바위틈에 뱀 한 마리가 똬리를 틀고 있다. 나도 모르게 재빨리 스마트폰에 손이 갔다. 그리고 바위틈 가까이 다가갔다. 일행들도 뱀을 들여다보고 있다. 군중심리란, 여럿이 있으니 겁날 게 없다. 징그럽지도 않다.

가까이 손을 들이대고 사진을 찍으려는 순간 슬슬 뱀이 목을 세우며 움직인다. 공격 자세다. 돌돌 말린 몸이 일자로 서서히 펴지고 있다. 사람이 공격하는 줄 알고 방어태세를 취한 것이다. 그 순간을 놓칠세라 한 컷 얼른 찍는데 옆에서 누군가가 말을 한다. '독사'다. 그럼에도 불구하고 내 스마트 폰에 이미 한 컷 성공했다. 뱀은 먼저 인간을 공격하지 않는다고 한다.

뱀 사巳자도 '사' 자요, 숫자 사四자도 '사'이고, 죽을 사死자도 '사' 자이다. 그리고 개인의 사사로운 일私도 '사'자인데 나는 사사로운 일로 이곳에 왔고 뱀巳과 운명적으로 만나게 되었다. 또

한, 내가 죽어死서 돌아갈 곳도 자연이기에 오늘따라 뱀이 친근하게 느껴진다. 뱀은 내 스마트 폰에 찍혔고 그 순간 뱀과의 소통도 시작되었다. 뱀과도 인사했으니 이제는 두려울 것도 없다.

풀꽃 친구들과의 인사는 환희와 카타르시스를 느끼게까지 해준다. 아무도 알아주지 않는 풀꽃들과의 만남, 뱀과의 만남, 이 모두는 나 자신을 겸손하게 해줄 뿐만 아니라 자연을 통해 진리를 배우게 해준다.

자연은 나에게 감성을 자극하고 깨달음을 안겨줬다. 나태주의 「풀꽃」이란 시가 생각나 잠시 되뇌어 본다.

자세히 보아야/ 예쁘다/ 오래 보아야/ 사랑스럽다/ 너도 그렇다

이렇게 풀꽃 공부를 통해 자연과 하나 되어가는 모습 또한 내가 설 곳이 자연이기 때문이리라. 바랭이 풀 사이에 바람은 쉬고 따사로운 가을 햇볕이 바랭이 씨앗에 곁드는 오후다.

눈(目), 눈(雪), 눈(芽)

눈雪이 내린다.

시詩 수업을 받은 후 지하주차장에서 밖으로 나오니 어두운 잿빛 눈이 내리고 있었다. '낼 겨울나무 공부 천마산인데 가실 거죠?' S의 문자를 받고는 대답 없이 핸드폰을 내려놓았다. 앞을 가리며 내리는 함박눈과 문자 내용이 차창에 부딪혀 아른거린다. 이번에는 내가 운전할 차례인데….

다음 날 거리로 나오니 걱정과는 달리 도로 사정은 아무런 문제가 없다. 어제 내린 눈 때문에 하얀 세상이다. 천마산 입구 경사지에서 차는 더 못 올라가고 벌벌 기어 간신히 어느 음식점에 앞에 차를 세워두고 우리는 걸어서 목적지를 향했다.

눈目에 들어오는 눈雪의 풍경을 어찌 말로 다 표현할까. 길가의 나무들이 눈의 무게를 지탱하느라 잔가지는 휘어져 있다.

털어 주고 싶지만 경치가 아름다워 그저 바라보는 것만으로도 너무 행복하다. 그러나 겨울 눈芽을 보려면 소복이 쌓인 눈을 털어 내며 가지에 붙어 봄을 기다리는 눈芽을 보아야 한다.

친구가 나를 빤히 쳐다본다. "어쩜 눈동자가 어린아이처럼 까맣고 흰자위가 파라냐고 묻는다." 나는 그때까지만 해도 내 눈에는 관심도 없었다. 그러나 어디를 가나 한참 이야기를 한 후 마지막 이야기는 "눈동자가 예쁘다"는 이야기를 듣는다. '그래, 미모가 안 되면 눈동자라도 예뻐야지.' 그 후 검고 파란 눈동자에 대한 자부심을 갖고 살았다.

어느 날 나무나 풀 공부를 시작하고 겨울나무의 눈芽이 다양한 모습을 하고 있다는 사실에 놀라웠다. 보통 겨울눈은 잎이나 탁엽이 변해 발달한 딱딱한 껍질인 아린으로 둘러싸여 있으며 아린은 다음 해에 잎과 꽃이 될 어린 소기관을 추위나 외부의 야생동물로부터 보호하기 위해 발달하였다. 아린에 싸여 있던 싹은 추운 겨울을 견디고 봄에 잎과 꽃을 피우게 되는데 혹독한 추위를 견디며 꼼꼼한 보호 전략을 쓰고 있었다. 눈의 위치나 눈의 기능에 따라 아린이 있느냐 없느냐와 나무껍질 속에 숨어 있느냐 노출되어 있느냐를 관찰하며 수종을 알아내는 겨울눈

미선나무 겨울눈

진달래 겨울눈

앵도나무 겨울눈

개암나무 겨울눈

공부를 하러 이곳에 온 것이다.

피나무와 찰피나무의 차이는 피나무는 겨울눈에 털이 없고 찰피나무의 겨울눈에는 황갈색의 짧은 털이 밀생한다. 피나무를 절에서는 보리수나무라고 하는데 이 나무의 열매로 염주를 만들기도 한다. 물푸레나무의 겨울눈은 왕관 모양을 하고 있으며 내가 본 것 중에 가장 멋진 겨울눈芽의 소유자이다.

때죽나무와 쪽동백의 겨울눈을 중생부아라 하며 눈이 눈을 어부바하고 있는 모습은 마치 엄마가 아기를 업고 있는 모습이라 인상적이었다. 그 외 쥐똥나무, 뽕나무, 괴불나무, 박쥐나무… 등. 수십 가지의 겨울눈芽과 눈 속에서 싸우다 보니 한계가 왔는지 단 몇 개의 특징도 기억에 없다.

잠시 고개를 돌려 주위를 바라보니 하얀 눈만 가득하다. 감히 자연을 쉽게 알려고 했던 나의 잘못된 생각을 바로 접는다. 집 주변에서 보던 나무들과 산속에서 보는 나무는 달랐다.

발품을 팔아 이 산 저 산으로 겨울눈芽 공부를 하러 다니는데 언제쯤 내 눈目이 저 자연 속에 있는 겨울눈芽과 인사를 해도 낯설지 않게 말을 건넬 수 있을까.

내려오는 발걸음은 무겁기만 한데 하얀 눈을 밟으니 겨울눈

芽을 알고자 했던 열망이 흰 눈雪이 되어 뽀드득거리고 있다. 겨울바람도 잠시 눈 속에 쉬어 가는지 조용하다. 겨울눈을 한꺼번에 알고자 한 성급한 마음을 천마산의 눈 위에 내려놓고 한 발 한 발 집으로 향한다. 뽀득거리는 소리만이 조용한 겨울 숲을 깨우고 있다.

야생적 유혹

- 큰고깔제비꽃

　며칠 전 남한산성에서 보았던 '큰고깔제비꽃'의 유혹에 이끌려 신비의 숲을 다시 찾았다. 남한산성에는 거의 전국의 산야에서 만날 수 있는 풀과 나무가 살고 있어 나는 이 숲을 '신비의 숲'이라 한다. 귀한 꽃을 만나기 위해 서문 쪽으로 걷고 있는데 멀쩡하던 하늘에 갑자기 먹구름이 몰려와 시커먼 구름이 산등성을 자르고 있다. 비가 곧 오려는지 하늘이 낮다.

　눈의 안테나 촉은 보물인 풀을 찾느라 빠르게 움직이고 걸음은 최대한 느리게 걷는다. 머리 위로 몰려오는 먹구름의 무게를 느끼며 주변을 살핀다.

　머릿속에는 며칠 전에 만난 고깔모자를 쓰고 하늘을 향해 금방이라도 올라갈 것 같았던 요정은 허공을 향해 있었다. 가는

큰고깔제비꽃 봉오리

큰고깔제비꽃

낭떠러지를 향해 핀 큰고깔제비꽃

줄기는 휘어져 꽃의 무게에 낭떠러지를 향해 구부정한 자세로 서 있었던 '큰고깔제비꽃'의 모습이 선명하게 남아있어 이곳을 다시 찾은 것이다. 하늘은 금방이라도 빗줄기를 쏟아놓을 거 같은 모습을 하고 따라온다. 천천히 걷던 보폭이 빨라진다. 꽃을 만나기 위해 북문 밖으로 나가 거꾸로 가로지르는 길을 선택한다. 이곳저곳에서 눈을 마주치고 인사를 하자고 고개를 드는 풀들이 손짓한다. 차마 그냥 지나치지 못하고 인사를 나눈다. 갈 길이 멀지만, 그냥 지나칠 수 없어 한 개체를 봐도 자세히 보고 또 보느라 숲에 발길이 묶인다.

일행은 뿔뿔이 흩어졌다 모였다 하며 식물을 관찰하고 자세히 못 보았던 부분을 찾아 공유하며 황홀감에 빠진다. 등산객들이 우리 일행을 힐끗힐끗 쳐다보며 지나가다가 풀떼기를 들고 사진을 찍으며 서로 심각하게 이야기하는 우리들에게 "그게 뭐예요" 하며 묻기도 한다. "아, 풀 보고 있어요,"하고 풀을 내밀면 싱거운 미소를 짓는다. 숲에서는 많은 말이 필요 없다. 조용히 숨어있는 작은 보물인 야생화를 찾기 위한 수고만 있을 뿐이다.

갑자기 "우르르 꽝"하더니 "후드득" 비가 내리기 시작한다. 일기예보는 빗나갔고 준비성이 철저한 나는 가방 속에서 우산을 꺼내 든다. 우산이 없는 후배에게 내 조끼를 벗어 건네주고 신갈나무 아래에서 비를 피했다. 옷이 젖지 않자 "비가 올 때는 역시 잎이 넓은 활엽수 아래가 좋군." 하며 비를 만나 초라해진 모습에 서로 바라보며 힘없이 웃는다. 잎을 두드리는 빗소리가 점점 더 요란하다. 빗줄기는 굵어지고 그칠 비가 아니란 것 때문에 고민에 빠진다. 하늘은 어두워지고 빗물이 무섭게 발아래로 흐른다. 말없이 서로 빗소리에만 집중하고 있다. "그칠 비가 아닌 거 같네. 철수해야겠어. 큰고깔제비꽃은 우릴 유혹만 하고 오늘은 보여 주기 싫다네. 내년을 기대할 수밖에…."

우산도 없이 조끼를 머리에 뒤집어쓴 후배와 눈이 마주쳤다. 웃음이 절로 난다.

큰고깔제비꽃이 머리를 스친다. 혹여 오늘 내리는 이 비에 쓸려 내려갈 것 같은 절벽에 안쓰럽게 피어 있던 꽃. 자생지가 많지 않아 더 귀한 큰고깔세비꽃의 유혹에 이끌려 온 남한산성. 목표를 코앞에 두고 비만 홀딱 맞은 채 아쉬움만 가득 안고 산에서 내려왔다.

'그래, 쉽게 보여주는 꽃이 아니기에 더 소중한 꽃 너.'

…야생화.

들풀에 빠진 여자

- 백부자

아침부터 폭염주의보 문자를 받았다. 얼마나 더울지 걱정되나 남한산성을 향하는 발걸음은 가볍다. 오늘은 또 어떤 꽃을 만날 수 있을까라는 기대로 얼음물 하나 배낭에 넣고 들풀 탐방길에 나섰다.

북문 방향 어느 집 담장 아래 자그마한 화단 안에 핀 청보라 꽃이 눈길을 끈다. '뭘까?' 나와 일행은 처음 보는 꽃이라 사진을 찍어 '모야모'라는 앱에 올렸다. 2초도 안 돼 답이 쭉 올라온다. '중국물망초'란다. 꽃 이름은 쉽게 알았지만 어렵게 얻은 답이 아니라서 그런지 힘이 쭉 빠진다.

추우나 더우나 몇 년을 들풀 공부한답시고 이 산 저 산을 들풀 매력에 쏙 빠져 다녔건만 이런 편리한 앱이 생기다니 좋다고 해야 하나…. 무거운 도감과 도시락 간식과 물, 우산, 우비에…

백부자

자주쓴풀

바리바리 싸 들고 추우나 더우나 다녔던 지난날이 있었는데 편리한 앱이 생겨 등짐을 가볍게 해줘 고맙기도 한 불편한 진실이다.

그럼에도 우리는 직접 확인이 중요하기에 몇 사람이 조사팀을 만들어 남한산성 안에 있는 들풀을 찾기로 했다. 거의 다 아는 풀이지만, 하나하나 눈을 맞추며 이름을 불러주다 보면 한자리에서 30분 이상 소비된다. 쪼그리고 앉아 더위도 잊은 채 풀밭을 뒤진다. 꽃과 가장 가까운 자세로 엎드려 관찰한다. 잎은 마주났는지, 털의 모양은 어떤지, 꽃잎과 총포는…, 이렇게 관찰하다 보면 들풀 매력에 점점 쏙 빠져든다. 관찰하느라 꿇었던 무릎에는 흙이 따라 나서고 한참을 앉아있다 일어날 때는 현기증도 난다.

"식물원에 가면 모두 있는 풀들인데 왜 이렇게 고생을 하며 다녀야 하나요?" 젊은 선생이 벌써 불만을 이야기한다. "식물원 가면 다양한 식물을 만나 좋기는 하지만 숲에서 귀한 들풀을 찾았을 때 그 묘미는 그 무엇과도 바꿀 수가 없지요." 그러던 참에 지나가던 분이 묻는다.

"백부자를 보셨나요?"

"아직요, 이 근처에 있다는 소식을 듣고 우리도 찾아가는 중이에요."

"아, 그렇군요. 꼭 만나고 가세요."라는 말을 건네주고 앞서 간다. 카메라를 메고 온 걸로 보아 희귀식물을 찾아 사진 속에 담으러 온 사람이다.

나는 마음속으로 들풀과 나무, 어린나무까지 보이는 대로 이름을 불러 주며 걸음을 재촉했다. 우리를 앞서간 분과 다시 마주쳤다.

"여기 백부자가 있어요."

"이게 백부자구나."모두 환호성을 지른다. 꽃잎은 해골처럼 동글한 모양에 흰색과 연분홍색을 띠고 있다. 잎은 마치 코스모스처럼 가늘고 깊게 갈라진 결각이 인상적이다. 숲에서 처음 만난 꽃이라 입을 다물지 못하고 흥분된 상태로 카메라를 들이댔다. 아마도 심마니의 심정이 이러하리라. 그런데 이 친구는 '어쩌다 성벽 끝에 피었을까.' 절벽 위에 홀연히 피어 있는 백부자…. 사람의 눈을 피해 절벽까지 밀려와 외로운 투쟁을 하며 후손을 남기는 일에 열심이다. '노옹이 수로부인에게 꽃을 따주던 장소는 이보다 더 경사진 곳이었을까?'라는 생각과 이 식물은 '약재로도 쓰인다는데….' 누군가의 손이 탈까 걱정은 되었지만, 설마 하는 생각을 하며 나는 카메라에 백부자의 모습만 열심히 담았다. 이제 한동안 산에 안 와도 될 만큼 백부자를 만나 마음의 부자가 되어 산을 내려왔다.

며칠이 지났다. 남한산성을 혼자 지키는 백부자가 궁금했다. 일행들과 함께 현장을 가보니 아뿔싸, 백부자 자리엔 커다란 깨진 기왓장만 덩그마니 놓여 있었다. '이를 어쩌나' 끌탕을 하며 주변을 아무리 찾아봐도 사라진 백부자는 그 어디에도 없었다. 귀한 약재로 쓰이는 꽃들이 남아 있지 않은 이유를 이제야 알 것 같다.

만인에게 보았을 때 행복감과 희열감을 안겨줬던 희귀식물을 개인 이기심으로 캐가다니 인간에 대한 실망으로 가슴이 아팠다.

사람의 이기심을 어떻게 바꾸지? 미약한 혼자의 힘이 안타까워 한참을 씩씩거렸다. 마음을 접은 채 성곽 옆에 꽃봉오리를 달고 있던 '자주쓴풀'을 찾으러 나섰다. 마침, 가을 들풀들 사이에서 빼꼼히 고개 든 자주보랏빛의 꽃이 보인다. 잠시 전 아쉬움과 실망감은 까마득히 잊은 채 흥분된 마음으로 나는 또 카메라를 들이댄다. '그래, 난 분명히 들풀에 빠진 거 맞아. 영화 한 편, 소설 한 편을 본 것보다 더 많은 감동을 받으니.' 속으로 주절주절 '자주쓴풀'과 노느라고 시간 가는 줄 모른다.

다른 풀이 또 뭐가 있을까 왔다 갔다 한다. 어느새 산등성에 걸린 붉은 해가 혀를 불쑥 내밀면서 집에 돌아갈 시간이라고 신호를 보낸다.

'이크, 또 어두워질 때까지 숲에 있었네. 그래, 난, 들풀에 빠진 여자다.'

아는 것들의 고민

– 이질풀

한여름에 피는 꽃을 찾아 나서는데 그중에 여리고 작은 풀꽃들이 '나도 좀 봐 주실래요.' 하며 말을 건넨다.

무성한 풀들 사이 빼꼼히 얼굴을 내밀고 있는 연약한 듯 고고해 보이는 작은 꽃, 순백색이라서 사람의 마음을 사로잡는 매력이 있다. 남자들은 흰 피부의 여성을 좋아한다고 하는데 여자인 나도 이 꽃을 만나면 시선을 떼지 못한다. 흰 바탕의 꽃잎 위에 그려진 연분홍 라인이 선명하다.

내 시선은 이 활주로를 따라 꽃의 중앙으로 따라 들어가며 곤충의 눈이 되어 본다. 암꽃과 수꽃이 있는 그 안쪽엔 꿀주머니도 있다는데 사람의 눈으로는 꿀주머니는 볼 수 없다. 활주로를 따라간 시선은 아직 활짝 피지 않은 청보라 빛 수꽃을 만난다. 그

선이질풀

이질풀

자태는 수줍음을 띠고 있는데 역시 꽃은 활짝 핀 것보다는 수줍음을 머금고 있는 모습이 더 신선하다.

내가 좋아하는 색의 조합이 이 작은 우주 속에 다 들어있어 한참을 들여다보며 감동과 감상에 젖는다. 마치 아기 손에 내 손가락 하나를 내주면 움켜잡고 그 힘에 딸려오는 아기처럼 이 질풀꽃은 내 눈을 꼭 움켜잡고 시선을 뺏는다.

꽃은 피고 지며 꽃 진 자리마다 촛대 하나씩을 꽂아 놓고 씨앗을 영글게 하는 모습 또한 시선을 독차지한다. 이들의 최종 염원은 누군가의 손길을 기다렸다 스치기만 해도 씨앗을 터트려 멀리 날려야 하는 전략을 쓴다.

씨앗이 터질 때는 열매를 싸고 있던 껍질이 말아 올라가 고급스러운 샹들리에를 탄생시킨다. 나는 이따금 영근 씨앗들만 건드려 터트리며 시간을 보낸다. 이 놀이는 숲에서 나 혼자 얼마든지 놀 수 있고 재미가 쏠쏠해서 시간 가는 줄 모른다. 한참을 놀고 나면 어느 영화나 호텔에서 만나본 웅장한 샹들리에처럼 숲 여기저기에 불을 밝혀놓아 자꾸 뒤돌아보게 한다.

이처럼 해마다 만나는 아기의 손톱만한 꽃이지만 만날 때마다 내 발길을 붙잡고 순백색의 연약함으로 내 마음을 매료시킨

이질풀이다.

　사실 나는 숲에서 꽃을 만나는 순간순간 행복하면 된다는 생각이다. 이렇듯 들과 산으로 다닌 지 벌써 7년이란 세월이 흘렀다. 그동안 기후변화 때문인지 숲의 환경도 조금씩 변하고 있다. 예전에 만나보지 못한 줄기 털이 길어도 아주 긴 이질풀을 만난 것이다.

　'왜 이렇게 털이 길어진 걸까, 생육지 환경이 달라서, 아니면 음지라서….'

　요즘 나는 잘 안다고 한 것들에 대해서 이런 고민에 빠졌다.

　숲에서 고민은 이렇게 시작이 된다.

　내가 잘 안다고 한 것들이 실은 아는 게 아니기에….

여뀌에 취하다

— 여뀌류

여름 끝자락, 귀뚜라미 소리가 밤이 깊어갈수록 더 선명하게 들린다. 사진을 정리하다 엊그제 동구릉에서 만났던 몇 종류의 여뀌만 골라본다.

'여뀌'라는 고유명사를 처음 들었을 때 무슨 말인지 몰라 옆에 계신 분께 물어보았다. 들풀 초년생에겐 들리는 대로 '여끼'라고 기록했는데 나중에 도감을 통해 내 잘못된 기록을 보고는 무척 부끄러웠다.

여름이 무르익으면 여뀌가 많이 보인다. 도심 주변에서는 흔히 만날 수 없고 주로 '여뀌'는 논가나 도랑에 많이 피어 있으며 알싸한 맛은 혀를 마비시킬 정도로 매워 물후추Water Pepper라 불렸고 요리에도 사용했다고 한다. 옛날에는 이 여뀌로 물고기를 잡았다는 기록을 보았다. 어느 여름날 냇가를 지나가다가

기생여뀌

기생여뀌

바보여뀌

여뀌가 흔히 보이기에 호기심에 친구들에게 "내가 여기에 있는 물고기를 다 기절시키겠다."고 큰소리를 치고는 몇 뿌리를 캐어 돌로 짓이겨 피라미가 빠져나가지 못하게 돌담을 쌓은 후 물에 풀었다. 그런데 피라미가 기절하기는커녕 오히려 더 빨리 돌 틈으로 빠져나가 나를 당황스럽게 하여 친구들과 한참을 웃었다.

여뀌는 화려하지도 예쁘지도 않다. 한마디로 볼품도 없고 잡초 더미에 묻혀 눈에 잘 띄지 않지만 나는 여름이 끝나갈 때면 다양한 여뀌를 만날 생각에 마음이 설렌다.

숲길이나 산책로 주변에서 흔하게 만나는 것은 거의 개여뀌나 장대여뀌이다. 개여뀌는 여뀌보다는 우리 주변에서 눈에 잘 띄는 곳에 있으나 진짜 여뀌가 아닌 접두사 '개'자가 붙어 개여뀌이다. 그런데 개여뀌와 비슷한 장대여뀌도 개여뀌 무리에 섞여 흔하게 만날 수 있는데 이 두 종류는 잎과 꽃으로 비교하는데 잎으로 구분하자면 타원형의 가늘고 긴 잎 모양이 개여뀌이고, 잎의 중간넓이가 넓고 잎 끝이 피침형인 것은 장대여뀌이다.

여뀌 중 잎이 가장 큰 이삭여뀌가 있는데 가늘고 긴 꽃대 위에 작고 붉은 분홍꽃이 규칙적인 배열로 핀다. 이삭이란 이름에

서 말해주듯 꽃차례가 이삭처럼 생겼고 꽃가루받이가 끝나면 바로 꽃잎을 꼭 다물고 열매를 키우는데 마치 뱀이 혀를 내밀고 있는 모습이라 아주 인상적이다.

온 줄기에 선모를 뽐내는 가시여뀌가 있다. 털끝마다 물방울을 맺고 있어 환상적인 모습은 보는 이를 반하게 한다. 가시여뀌는 내가 여뀌에 입문하고 이 꽃에 홀딱 반해 지금도 만나면 그 매력에 눈을 떼지 못한다.

그 외에도 꽃의 모양이 이것도 저것도 아닌 바보여뀌는 이름과 다르게 꽃은 오히려 새색시의 수줍은 얼굴을 하고 있어 풋풋하다. 털이 많아 털보라는 이름이 붙은 털여뀌, 산에서나 만나는 산여뀌 등 여뀌의 종류가 다양하고 많아 내가 여뀌만 익히는데도 몇 년이 걸렸다. 박완서의 『그 많던 싱아는 누가 다 먹었을까』에 나오는 싱아도 신맛이 나는 여뀌류이다.

여뀌 중에 꽃의 향기로는 단연 기생여뀌라고 해야 할 거 같다. 운길산 가는 길목에서 기생여뀌 군락을 만나 꽃향기에 취했던 기억이 난다. 기생여뀌라는 이름을 처음 들었을 때 내 귀를 의심하며 어찌 기생이라는 이름이 붙었을까 하고는 한참을 웃던 중 옆에 계시던 남자분이 향기가 너무 좋아 가슴까지 설레고

뛴다고 한다. 사람마다 다르겠지만 사실 나는 이 향기가 별로였
는데 말이다. 이유인즉 여성의 분가루 향기가 짙게 났기 때문이
란다. 기생여뀌에 취해 사진을 찍으며 흥분해 있던 그 날 이후
다음 해에 기생여뀌를 보기 위해 같은 장소를 다시 찾았더니 주
변 정리로 기생여뀌 군락은 흔적도 없이 사라졌고 다른 장소인
홍릉수목원에서 몇 그루 피어있는 걸 보았을 뿐이다.

여뀌에 관련된 도깨비 전설이 있는데 도깨비가 집에 들어오
지 못하게 체篩를 걸어놓으면 도깨비가 인간이 사는 집 안으로
들어오다 체篩를 보고 이게 뭐지 하며 체篩의 구멍을 세다가 해
가 뜰 때까지 다 못 세어서 집안으로 못 들어왔다고 한다. 또
여뀌를 집 주변에 심어 놓고 도깨비가 여뀌 꽃을 세느라 집안으
로 못 들어오게 도깨비를 '엮는다' 혹은 '엮이게 한다'해서 여뀌
라는 전설도 있다. 사실 요즘은 도깨비보다 사람이 더 무서운
세상 같은데 깨알같이 작은 여뀌 매력에 내 발목이 잡힌 걸 보
니, 도깨비 발목도 잡았다는 말이 실감난다.

자세히 보니 예쁘지 않은 꽃이 없더라.

오늘만큼은 고개를 돌려, 연분홍 꽃 알갱이를 세며 여뀌 매력
에 흠뻑 취하고 싶다.

수피1) (樹皮)의 여왕 맞나

- 자작나무

옷을 사 입기 위해 백화점을 갔다. 가격대비 살 게 없다. 몸매의 변화로 소극적인 선택을 한다. 편한 옷이 제격일 거 같아 한참을 골라도 내 맘에 쏙 드는 게 없어서 옷 사 입기를 포기하고 집으로 돌아왔다.

공원을 걷다가 나무 중 옷 잘 입는 나무를 찾아보기로 하고 나무를 살핀다. 다리 앞에 중국단풍이 있다. 수피는 각설이 타령에 나오는 사람이 누더기를 기어 입은 모습처럼 너덜거린다. 그 옆에 산수유는 더 심한 모양새로 나무껍질이 듬성듬성 부풀어 오르기까지 하고 있다. 또 양버즘나무는 어떤가, 군복 무늬

---

1) 수피[樹皮]:나무의 껍질, 줄기의 코르크 형성층 바깥쪽에 있는 조직이다.

라 여기저기 떨어진 옷이 인상적이다. 이 나무들은 단정한 옷 입기는 유전자 때문에 글렀나 보다.

조금 더 걷다 보니 소나무가 보인다. 마치 거북이 등딱지가 연상된다. 개성으로 이런 옷을 고를 수도 있겠지만 아름다운 옷은 아니다. 공원에서 나무 이름을 하나씩 불러주며 나무마다 다르게 입은 옷을 살피며 걸었다.

호숫가 근처에 식재된 자작나무 수십 그루가 보인다. 그동안 바삐 사느라 이곳에 자작나무가 있는 줄도 몰랐는데 수피가 흰 백색이라 햇빛에 반사되어 환히 빛나고 있다.

자작나무 사이로 난 오솔길에 들어서자 '닥터 지바고' 배경음악인 '라라의 테마'가 떠오른다. 만약 이 영화에서 '라라의 테마'가 없어도 기억되는 명화로 우리에게 남아 있었을까, 라는 생각을 하며 영화 속에서 보았던 순백색의 자작나무는 허허벌판에 부는 바람과 추위를 온몸으로 맞고 서있던 모습이 기억에 선명하다. 내가 지금 찾아온 공원 안 자작나무 대부분은 곰팡이가 핀 듯 거뭇거뭇하며 때가 낀 듯 지저분해서 실망이 컸다.

자작나무에는 다른 나무에 비해 큐틴Cutin이라는 방부제 성분이 더 들어있다. 이처럼 잘 썩지 않는 성질 때문에 해인사에 있는 팔만대장경이나 경주 고분에 천마가 그려진 말다래의 주원료도 자작나무이다. 그리고 습도와 상관없이 비가 내려도 리그닌 성분이 있어 불이 잘 붙으며 탈 때는 자작자작 소리를 내서 자작나무이다.

111년 만에 죽음의 폭염이 찾아와 커피숍을 찾았다. 실내 장식용으로 잘라 세운 자작나무 가지마다 사람들 염원을 담은 메모가 꽂혀 있다. 누구에게나 사랑받고 좋아하는 나무라 베어짐도 마다하며 이곳까지 온 걸까.

어떤 화가는 자작나무만 그린다. 자작나무는 한 그루 있을 때 보다 여러 그루가 숲을 이루었을 때 더 빛이 난다. 화폭에 담은 곧은 질서와 흰 기둥의 나열, 보기만 해도 묵은 때를 벗겨주고 정화시켜 줄 거 같고 역시 수피의 여왕답다.

최근 어느 신축건물 자투리땅과 벽 사이 구석진 곳에 서있는 자작나무를 봤다. 에어컨 실외기 앞에서 간신히 목숨을 연명하고 있었다. 또 다른 곳인 서울 어느 미술관 앞 조그만 공간에 갇혀 있던 자작나무는 지하 실내등 불빛을 받으며 시름시름 질병에 걸린 모습을 하고 있었다. 자작나무를 가까이서 보고 싶어 이런 악조건의 장소에다 이 나무를 꼭 심어야만 했나라는 의문과 인간의 이기심은 어디까지일까라는 생각을 해 본다. 이 장소에서 내가 본 나무들은 껍질이 시커멓고 잎은 축 처진 채 압사 직전의 모습이었다.

누가 자작나무를 보고 수피의 여왕이라 했던가.

살아 숨쉬기조차 버거운 환경조건에 수피로 표현해 주고 있는 자작나무를 나는 보았다.

자작나무 수피

내가 아는 독, 모르는 독

치앙마이 여행길에서 코브라 쇼를 보았다. 뱀을 다루는 사람의 솜씨는 범상치가 않다. 뱀의 혀는 날름거리고 쩍 벌어진 입 사이 송곳니로 사람들을 향해 위협을 하지만, 그 사람은 아랑곳하지 않고 뱀을 잘 다룬다. 얼마나 많은 시간을 뱀과 함께 훈련했을까.

코브라는 잠시 착해지기도 했다가 사나워지기도 했다가…, 뱀을 자유자재로 다루는 사람이 코브라 송곳니를 투명하고 작은 유리병에 대니 사나운 코브라는 누런 맹독을 마구 뿌려댄다. 그 맹독을 모아서 관중석을 향해 보여준다. 코브라의 독이 담긴 병을 보는 순간 나도 모르게 한 발 뒤로 물러선다. 이 독은 사람이 물렸을 경우 몇 분 안에 응급조치로 해독주사를 맞지 않으면 죽는다고 한다.

요즘 숲에 들어가면 맹독성을 가진 뱀들이 활개를 치며 다니고 있다. 가까운 율동공원 안에 있는 찻집을 친구와 차를 마시고 나오는데 친구가 내 팔을 잡으며 "뱀이야" 한다. 우리가 밟을 뻔한 뱀이 내 발 앞을 지나 풀숲으로 자취를 감춘다. 어둑한 밤에 뱀을 만난 거다. 지금 바로 지나간 뱀은 독사였다.

옛날에는 땅꾼이 있어 뱀을 잡아 건강원에 팔았다는데 지금은 금지된 사항이다. 90년대 초 남한산성 유원지 입구에서 몇 년을 살았던 적이 있다. 유원지 입구라 건강원이 몇 곳 있었는데 사람들이 그곳을 찾아와 뱀 즙을 사 마시는 걸 지나가다 본 적이 있다. 독이 든 뱀이 건강에 좋다고 하는데 아이러니하다.

평생 한두 번 만나 본 뱀을 올해만 벌써 숲이 아닌 길에서 두 번 만났는데 아찔하고 소름끼치는 순간이었다. 보호색의 옷을 입어 눈에 잘 띄지 않는 숲에는 얼마나 많은 뱀이 숨어 있을지 숲을 자주 다니는 나는 염려스럽다.

제주도에 있는 샤려니 숲으로 친구들과 여행을 갔을 때의 일이다. 이곳은 자연 보존적인 살아있는 숲이다. 우리가 갔을 때는 여름이었지만 숲은 그늘이 드리워져 시원했다. 아침이슬에 젖어 있는 촉촉한 숲길에서 가끔 고개를 들고 있는 천남성도

버섯   독말풀

투구꽃

만났다. 마치 착한 두루미 한 마리가 숲에 사뿐히 내려앉아 있는 모습을 하고 있었다. 그 착해 보이는 모습과는 다르게 사약의 재료로 사용했다고 한다.

이 천연의 숲에서 독성을 가진 또 다른 식물이 눈에 띈다. 로마 병정이 썼던 투구를 닮아 투구꽃이라는 이름을 붙였는데 숲속에 젊은 로마 병정들이 투구를 쓰고 가지런히 줄을 선 것처럼 보였다. 전쟁터로 나가기 위해 푹 눌러쓴 투구는 얼마나 무거웠을까. 병사들 생각에 처연해 보이는 이 꽃도 역시 사약의 재료로 썼다고 한다. 내가 본 독을 품은 투구꽃은 겉모습은 순해 보였으며 보라색으로 피어 있어 갖고 싶어질 정도로 탐이 났다.

독성을 잘 다스리면 몸에 이롭고 이를 잘못 다스리면 치명적이라는데…. 알게 모르게 상처를 주기도 하고 받기도 한 독한 말들을 생각해본다.

한때는 온순하여 참기만 했던 젊은 날이 있었다. 무조건 참는 것만이 상책인 줄 알고 말을 아끼던 시절 속앓이는 늘 혼자만의 문제였다. 내성적이고 자존심이 강해 누군가에게 속사정을 털어놓을 줄도 몰랐다. 그러나 지금은 아줌마의 기질이 마구 발휘

되는지 참지만 않는 내 모습에 놀라워 뒤돌아 반성하게 된다.

우리가 알고 모르고 쓰는 말에는 독사의 침, 독버섯, 천남성, 투구꽃 등의 독성이 세상 밖에서 마구 돌아다닌다. SNS로 문자화된 독, 일상 언어에서 독을 품은 말은 공중에서 형체도 없이 사라지지만, 누군가의 마음에 사약을 부었을 말들이다.

내가 아는 독, 내가 모르는 독…. 치료할 해독제는 어디에 있을까.

그 꽃을 제발 찾지 마세요

- 변산바람꽃

꽃샘추위에 손가락이 저리다. 저녁부터 떨어지는 봄비를 손바닥으로 받아본다. 내일은 변산바람꽃을 만나러 가야 하는데….

예년에 비해 겨울 날씨가 추워서 열흘 정도 변산바람꽃이 피는 시기가 늦었다는데 이미 활짝 피어 있는 꽃 사진들이 인터넷에 떠돌고 있다. 봄비가 내리고 있지만, 작년에도 이 바람꽃을 못 만났기에 꽃이 만개하기 전에 무조건 봐야겠다는 일념으로 달려온 ○○산자락.

숨을 헐떡이며 포장도로를 오르자 출입금지, 변산바람꽃을 지켜달라는 현수막이 보인다. '이런, 분당서 빗길을 헤치고 왔는데….' 느낌이 안 좋다. 사람의 출입을 막는 노란 테이프로 얼기설기 그물을 쳐놓아 흉측한 범죄 현장 같다. 노란 테이프

변산바람꽃

라인 안쪽에서 두 사람이 내려오고 있다. 직감적으로 관리자임을 알 수 있다.

"변산바람꽃은 다 졌나요?" 용기를 내어 물었다.

"네, 이제 끝물이네요." 하며 나를 위아래로 훑어본다.

"우리도 숲 지킴이입니다. 봄소식을 전하는 소중한 꽃을 만나려고 멀리서 달려왔는데 들어가서 잠깐 꽃들과 인사해도 될까요?"

"우리는 녹지과 직원인데 사진작품을 찍는 사람들이 관광버스로 몰려와서 사진을 찍으며 마구 짓밟고 훼손시켜 개체수가 줄어들어 출입을 통제하고 관리하는 중입니다."

몇 년 전만 해도 이곳은 관리인도 없었고 사람의 발길도 많이 닿지 않았다. 그때는 소복소복 올라와 많은 개체를 보여주었던 변산바람꽃의 비밀장소였다. 그러나 이렇게 황폐해져 너무 아쉽다.

어느 해는 들풀 공부를 위해 갔는데 공사 차량이 오르내렸다. 다음 해에는 그곳에 변산바람꽃 자생지라는 대형사진과 표지판이 세워져 있었다. 그리고 자작나무와 산철쭉 등으로 주변이 정리되었고 쉬어가는 쉼터도 만들어 변산바람꽃을 대대적으로 홍보했다. 몇 년이 지난 지금은 관리하는 사람을 두고 출입을 막으며 감시하고 있다. 이럴 땐 무슨 말을 해야 옳을까.

바람만 불어도 피운다는 꽃.

지난겨울은 유난히도 추웠다. 그 추위에도 아랑곳하지 않고 낙엽 더미에서 생명의 싹을 틔우며 올라온 보기엔 연약하지만 강인한 바람꽃. 변산반도에서 제일 먼저 발견되어 변산바람꽃 이라지만, 이렇게 가까운 곳에서도 만날 수 있기에 변산반도까지 가는 불편함을 줄여준 이곳은 복 받은 장소였다.

비바람이 낮은 모습으로 축축한 숲 바닥을 치고 나가 휑한 나목 사이를 지나며 더욱 거세진 비바람이 되어 우산을 잡아채 듯 때리고 지나간다.

미래의 현수막이 눈앞에 아른거리며 바람에 흩날린다.

'변산바람꽃을 제발 찾지 마세요.'

자연을 닮은 아이들

무궁화 열매 속에 숨은 사자

    나 홀로 씨앗 주머니를 찾아 나선다. 공원을 찾은 사람들 틈에서 나도 걷는다. 공원 초입에는 아주 작은 연못이 있고 물속에는 연꽃과 그 옆 둔덕에는 물푸레나무와 오리나무가 살고 있다. 그곳을 지나 몇 미터쯤 더 걸어가면 오른쪽에는 커피 자판기와 몇 개의 의자가 등을 서로 마주한 채 지나가는 사람들을 쉬어가라 손짓한다.

    찌뿌드드한 게 왜 몸이 이리도 무거운가 했더니 급히 나오느라 커피를 못 마셨다. 자판기에 동전을 넣고 빨간 불이 멈추기 전에 성급한 손은 종이컵을 조금씩 당기고 있다. 결국, 뜨거운 커피 방울이 손가락과 컵에 지저분하게 묻는다. 커피가 마지막까지 나오는 게 몇 초도 안 되는데 느긋하게 기다리지 못한 걸까? 자신을 질책하며 자판기 옆 의자에 걸터앉는다. 지나는 사람들을 쳐다본다.

운동하기 위해 강아지를 데리고 나온 사람, 산책하기 위해 나온 사람, 나이 드신 어르신들… 모두가 무표정한 얼굴로 앞만 보고 걷는다. 그들의 모습을 지켜보다가 거울을 꺼내 내 얼굴을 본다. 그들의 얼굴이 바로 나의 얼굴이다. 무표정한 사람들을 의미 없이 쳐다보며 혼미한 정신을 가다듬는다.

카페인 성분이 들어간 지 10분쯤 지나자 정신이 제자리로 돌아온다. 나는 일어나서 공원을 걷는다. 바닥에 커다란 갈참나무 잎이 여기저기 떨어져 있다. 습관처럼 잎 몇 장을 주워든다. 인조 가죽처럼 도톰하고 광택 나는 잎을 반을 접고 잔가지를 주워 나뭇잎끼리 엮어 왕관을 만들었다. 단풍이 든 잎이라 황금 왕관이 만들어졌다.

지나가는 아이에게 "이거 한번 써 볼래?"라고 말을 건넨다. 아이는 나를 경계하며 엄마를 쳐다본다. 엄마는 엷은 미소로 아이를 보며 "고맙습니다, 괜찮으니 써봐라"라 한다. 그때야 아이는 좋아하는 표정으로 엄마의 얼굴을 다시 한 번 바라보고 있다. 아마도 엄마의 가정교육은 낯선 사람이 다가오면 함부로 따라가지 말고, 친절을 함부로 받지 말라는 주의를 받은 모양이

무궁화 씨앗과 꽃

무궁화 씨앗이 열매주머니 안에서 날아갈 날을
기다리는 모습

무궁화 열매 주머니 속에 씨앗이 보인다.

다. 엄마와 내가 눈이 마주쳤다. 나는 얼른 아이에게 왕관을 씌워주고는 "멋진 왕자님이 되었네." 하자 아이는 기뻐하며 자신의 모습을 볼 수 없어 두리번거리자 아이 엄마는 가방에서 손거울을 꺼내 보여준다. 그러자 아이는 흡족한 표정을 짓고 나를 보며 "감사합니다." 인사를 하고 엄마 손을 잡고 공원을 걸어간다.

주변을 살피며 나는 아주 천천히 걷는다. 작은 씨앗 하나에도 눈길을 주며 이것은 어느 나무에서 떨어졌을까. 아, 저 나무는 저런 색의 옷을 입고 겨울 준비를 하는군! 가을 공원의 발걸음은 모두가 빠르다. 시간의 흐름을 눈으로 느끼게 해주는 그런 모습들을 보며 그럴수록 더욱 천천히 걷는다.

공원 옆 산으로 들어가는 입구가 있다. 산이라기보다는 그냥 공원 안의 동산을 자연 그대로 보존한 곳이다. 그곳에는 아주 오래된 느티나무가 있다. 한때는 마을이었던 이곳의 역사적인 기록 카드를 나무는 나이테에 차곡차곡 쌓아두고 있을 것이다. 가지가 떨어져 나간 자리에 깊은 상처의 나이테를 두르고 두꺼운 주름을 만들고 있다. 조금은 쌀쌀한 바람이 불어온다. 노거수의 잔가지 사이로 늦가을의 햇살이 지나 내가 선 자리를 환히 비춰주고 있다. 따사롭다. 하나하나 굵은 줄기부터 잔가지까지 눈인사를 하다 보니 하늘로 향한 수형은 어느새 내 고개를 뒤로 젖힌 자세를 만든다. 눈의 방향은 그 어떤 것도 놓치지 않으려 애를 쓰고 있다. 한곳에 뿌리를 내려 수백 년이란 세월을 지켜준 할아버지 느티나무를 우러러보다가 숙연해진다.

그곳을 지나 공원의 둘레 길로 접어들었다. 울타리처럼 무궁화를 많이 심어 놓은 곳이다. 여름날 연분홍 꽃을 피웠기에 지나던 길에 눈인사를 한다. 무궁화는 우리나라 국화라서 그럴까? 그러고 보니 어린 시절부터 지금까지 무궁화는 내 의식 속에서 함께 하고 있다.

무궁화는 관목이라 줄기는 볼품도 없다. 한 송이 한 송이 꽃은 소담스럽되 화려하지 않고 수수하다. 지금은 동글동글한 씨앗 주머니만 덩그러니 하늘을 향해 입을 쫙 벌리고 꽃 진 자리에 달려 있다. 내 손은 어느새 씨앗 주머니에 손을 대고 열매를 살짝 털어 본다. 작은 수사자들이 세상 밖으로 나오고 있다. 예쁜 사자 얼굴을 한 씨앗들은 질서도 아는지 서로가 줄을 서서 앉아있다. 나는 신비로운 씨앗의 우주를 보고 있다. 씨앗 주머니는 주머니 속에 숨어든 사자를 내보내지 않고 안전하게 지켜주고 있었다. 어떤 태풍처럼 무시한 바람을 기다리고 있다. 주머니는 씨앗을 지키고 있었고 사자는 함부로 몸을 날리지 않고 때를 기다리고 있다. 사자가 한마디 한다. '나는 대한민국을 대표하는 국화인 무궁화인데 함부로 몸을 날릴 수야 없지.'라며 굳은 의지의 표정을 짓는다.

씨앗을 지켜보는 내내 내 머리 가득 '농해물과 백두산이 미르고 닳도록 하느님이 보우하사 우리나라 만세….' 애국가를 입안에서 흥얼거렸다. 노래는 리듬을 타고 가로등 아래 무궁화 앞에서 사자들과 마주 보고 서 있다.

어둠이 내려와 공원에 가로등이 하나씩 켜진다. 나는 무궁화에 숨겨진 사자의 비밀 이야기를 가로등 불빛과 나누고 있다.

'무궁화는 사자를 기르고 있다네.'

연가시

여름은, 바람도 찌는 더위로 무장하고 무기력한 몸에 다가와 더운 바람을 훅하고 불어넣는다. 뜨거운 한여름 남한산성 줄기 광지원 엄미리 계곡을 찾아갔다. 며칠 전 사전 답사를 다녀왔던 길이라 익숙해야 하는데 왠지 낯선 모습으로 인사를 한다.

제초기에 베인 자국이 선명한 언덕 위 풀들은 푹한 여름의 열기와 함께 풀냄새를 풍기며 고통스러워하고 있다. 농사꾼이 싫어하는 풀들은 이렇게 줄기 밑동만 남겨진 채 깨끗이 이발되어 있었다. 얼마 전 이곳을 다녀갔을 때 언덕에는 체리핑크색의 자잘한 이질풀이 눈길을 끌었는데 지금은 눈을 씻고 찾아봐도 발목이 잘린 밑동들만 언덕을 채우고 있어 이질풀을 만날수가 없었다.

며칠 전 보았던 작은 이질풀은 만성 설사병에 걸리면 약이 되고 설사병이 낫는다는 민간요법이 있다. 그러나 요즘 농사를 짓는 농부들에게는 약초도 아닌 오로지 잡초에 불과하기에 모두 베어버린 것이다. 꽃을 못 보는 아쉬움에 나는 터벅거리면서 계곡 쪽을 바라보며 걷는다. 물가 언덕에는 장소를 구분하지 않고 피는 갈대와 억새가 뒤섞여 피어 시원한 물이 안 보일 정도로 높은 키를 자랑하며 시야를 가리고 있다.

멀리 계곡에서 오늘 만날 아이들이 재잘거리며 물장난하는 모습이 보인다. 보기만 해도 시원하다. 물총으로 나를 반갑다고 쏘아대며 맞이한다. 물총에 흠뻑 젖고 싶은 마음을 접고 아이들과 함께 계곡 상류 쪽 웅덩이가 깊은 곳으로 수서곤충을 만나기 위해 찾아갔다.

조그만 뜰채로 물속의 수서 곤충을 찾아보기 위해 맑은 물속과 낙엽이 수북한 곳, 얕은 물속, 돌 등을 뒤지며 다녔다. 낙엽 아래 물속을 뒤지자 뭔가 꿈틀대는 것이 뜰채 안에 잡혀 올라왔다. 뜰채 안에는 연가시 새끼 몇 마리가 꿈틀대고 있었다. 세상 구경을 나온 지 얼마 안 된 새끼들인데도 빠르기가 어찌나 빠른지 눈 깜짝할 사이에 뜰채 밖으로 기어나가고 있었다.

나뭇가지로 새끼들을 뜰채 안으로 밀어 넣고 아이들과 관찰

연가시

수서곤충 채집중인 아이들 모습

하기 시작하는데 재용이가 갑자기 "선생님 여기 무엇이 있는데 이것 보세요."라고 소리친다. 가까이 다가가니 이것은 큰 연가시였다. 크다. 길이도 30센티 정도로 길고 하얀 철사가 꾸물대며 회충처럼 생긴 놈이 뜰채에 걸려 나왔는데 뜰채의 크기가 작아 밖으로 자꾸 나오려 하고 있다. 얼른 수서곤충을 관찰할 하얀 플라스틱으로 된 넓은 냉면 그릇에 연가시를 담았다.

처음 만난 연가시다. 보는 느낌은 뻣뻣하고 딱딱한 철사가 이리저리 움직이듯 작은 그릇 안에서 마구 온몸을 이리저리 휘젓는다. 어디가 머리인지 모를 앞, 뒤 온몸을 구불거리며 마구 흔들어댄다. 순간 머리끝부터 발끝까지 소름이 쫙 끼친다.

생태 수업을 하러 온 내가 아이들 앞에서 일부러 태연한 척을 하려 해도 진정도 안 되고 오히려 나도 모르게 순간적으로 어찌할 바를 몰라 하며 "으악~" 비명으로 대신한다. 나뿐만 아니라 아이들도 "아악~ 악~" 하며 계곡이 떠나가라 소리를 질러댄다. 연가시의 첫 만남은 이렇게 소름이 끼칠 정도의 소리 지르기로 인사한다.

잠시 후 '아, 내가 이럴 때가 아니지' 하고 정신을 가다듬고는 관련된 자료와 도감을 아이들과 찾으며 읽어 나간다. 연가시는 곤충 즉 메뚜기, 사마귀 등의 몸에 새끼를 낳고, 숙주 당한 곤충의 몸속에서 자라면서 뇌를 조종한다. 어느 정도 성장한 연가시는 곤충을 물가로 가게끔 조정을 하는데 물을 만나는 순간 물속으로 나와 자라기 시작하고 곤충은 죽는다. 이처럼 다른 곤충의 몸을 철저하게 이용할 줄도 안다. 내가 처음 만난 유선형 동물문의 세계다. 아이들에게 나는 연가시를 마른 땅에 놓아 주자고 제안한다. 재용이가 말한다.

"아녜요. 내가 잡은 건데 엄마한테 갖다 줄 거예요."

"왜, 엄마가 놀라실 텐데."

"네, 엄마를 놀려 드리고 싶어요. 엄마가 나한테 잔소리를 했거든요."

나는 잠시 할 말을 잊었다.

이제 나는 계곡 물속이 두렵다. 아니 무섭다. 이런 맘으로 생태수업을 할 수 있을까? 나의 뇌는 어느새 연가시에 조종당하고 있었다. 연가시가 나온 이후 나는 계곡 물속에 한 발도 들여놓을 수 없는 공포감에 여름 한낮 흐르는 땀으로 몸을 적신다. 사실 연가시는 정확한 생활사가 밝혀지지 않은 종이라 추가적인 생태연구가 필요하다고 한다. 나는 아직도 꾸물거리는 유선형 동물만은 만지고 싶은 생각이 없다.

시큼한 땀 냄새를 맡고 귀찮은 산모기가 와서 달라붙는다. 따끔하다. 내 몸속에 흐르는 피를 빨렸다.

아는 만큼 보인다고 했듯이 이 날 이후 주변 계곡에서 연가시를 자주 만나게 되는데 내 눈에는 그 수가 해마다 점점 많이 보인다. 여름이면 시원한 계곡물에 발을 담그고 싶은데 그게 마음대로 되지 않는다.

숲에서 피어난 아이

비를 만나본 지 오래되어 숲에서 활동할 때에도 먼지가 폴폴 나 숲 체험을 하고 나면 목이 몹시 아프다. 그걸 알 리 없는 아이들은 숲길에 들어서면서부터 일부러 신발을 땅에 질질 끌며 간다. 먼지 나는 게 신기한지 더 심하게 흙먼지를 일으키며 앞서가고 뒤를 따르던 아이들 모두가 흙먼지를 뒤집어쓰고도 좋다고 밝게 웃는다. 그 모습에 골목마다 방역하는 차를 뒤따라가며 마냥 좋아하던 어릴 적 내 모습이 떠오른다.

1. 궁금한 숲

지유가 따라오다 묻는다.

"선생님 개미귀신 집은 어디에 있나요?"

"응, 저곳 정자 밑을 자세히 들여다보면 흙이 깔때기처럼 파인 곳이 있어, 그곳에 손가락 하나를 넣고 흙을 살살 파면 흙 속에서 아주 작은 돌처럼 생긴 게 따라 나와. 그것을 자세히 살펴봐."

지유와 친구들은 흙 속으로 들어갈 자세로 땅에 코를 박고 찾았으나 한 마리도 찾지 못했다. 아이들이 실망하는 눈초리다. 나는 미리 잡아둔 개미귀신 한 마리를 아이들에게 보여주자 자세히 루뻬로 살피기 시작한다. 그곳에 개미 3마리도 넣어 주고는 언제 어떻게 잡아먹는지 관찰을 한다. 그러나 개미는 쳐다보지도 않고 엉덩이를 뒤로 쭉 빼고 뒷걸음질을 치며 흙 속에 몸을 감추기 시작한다. 들썩들썩 흙이 들리며 개미귀신이 땅속으로 사라진다.

요즘 아이들은 참 똑똑하다. 움직이는 도감이라고 해야 할 정도로 머릿속은 인터넷 검색창이 들어있는 척척박사들이다. 특히 지유는 무엇 하나라도 손으로 잡아와서는 "선생님 이거는 이름이 뭘까요?" 한다. 나보다도 곤충을 잘 잡고 곤충을 잡아 친구들에게 설명까지도 해준다. 책을 얼마나 많이 읽었는지 가끔 당황스럽게도 하지만, 나는 태연하게 "우리 같이 찾아볼까?" 하고는 도감이나 인터넷에서 특성을 알아본다. 우리는 작은 것 하나도 놓치지 않고 루뻬로 자세히 관찰한다. 눈으로 보이지

않는 것도 10배 확대해 솜털까지 보여주는 루페 속 세상은 아이들 입에서 탄성이 절로 나오게 한다. 처음에는 징그럽다고 소리지르던 아이도 루페로 보다가 "와 다리에도 털이 있네요. 어머, 입이 무서워요."를 외친다.

아이들의 얼굴이 모두 다르듯 개성도 모두 다르다. 숲 활동이 재미있고 사고로 이어지지 않으려면 숲 안내자는 긴장의 연속이다. 지유라는 아이를 처음 만났을 때 팀에서 벗어나 혼자만의 세계에 빠져 있었던 아이였으나 숲 체험 횟수가 늘어갈수록 아이의 특성이 드러나기 시작했다. 새로운 것을 발견하면 곤충도감이 되어 대답을 척척 한다. 숲에 동화돼 가는 이 아이를 매번 유심히 관찰하게 되었다.

2. 숲은 아이들의 놀이터

일 년 전 상수리 낙엽이 수북이 쌓인 공원 귀퉁이에 움푹 팬 웅덩이를 발견하고는 이곳에서 함정놀이를 즉흥적인 놀이로 시도하였다.

안내자는 눈 가린 친구의 손을 잡고 수북한 낙엽 더미에 친구를 빠뜨리는 것이다. 친구의 손을 의지하고 걷다가 맥없이 빠지

는 것을 보고는 모두가 즐거워한다. 나는 재빨리 이 놀이를 확
장시켰다. 멀리서 뛰다가 엎드려 미끄러지며 낙엽 웅덩이에 빠
지기이다. 시범으로 누가 먼저 할까 했더니 지유가 제일 먼저
"저요" 하고 나서서 해보더니 "와 이 놀이 수영장에서 미끄럼타
기보다 재미있어요." 한다. 그럼 이번에는 '낙엽 이불 덮고 누워
보기,' '낙엽 날리기'….

　매번 숲 놀이에 시큰둥하던 지유. 이 날은 숲 놀이에 풍덩 빠져
안경 너머 작은 눈에 하회탈 같은 웃음을 가득 지으며 하는 말,
"선생님 낙엽놀이 너무 재미있어요."
"이제 수업 끝났으니 집에 가자."
"아니요 더하고 싶어요. 더, 많이 "
　다른 아이들이 모두 함께 소리 지른다. "더 놀아요~"
"그래, 즐겨라 오늘 이 시간은 날마다 주어지지 않으니." 얼
마를 더 놀렸을까. 가을날 해는 일찍 귀가하는지 숲이 어두워지
기 시작했다. 나는 가방을 서둘러 싸다 후질거리는 아이들의
모습을 보고 나도 모르게 "하하하" 웃었다. 아이들도 내 웃는
모습을 눈치 채고는 친구의 모습을 서로 바라보다 깔깔대고 웃
는다. 낙엽 잔재들이 아이들의 옷 여기저기 꼬리표처럼 붙어

숲길을 따라 내려왔다.

"어머님들 많이 기다리셨죠."

"숲 놀이는 숲에서 시간을 멈추게 하는 마술을 부리나 봐요."

"숲에서 놀이는 온전히 아이들의 시간이기 때문입니다."

3. 그 일 년 후…

요즘 지유는 친구들의 중심에서 숲 선생님이 되어 무엇이든 대답을 척척 해주고 있다. 마치 물 만난 고기처럼 숲의 중심에서 곤충도 나무도 어떤 거 하나도 놓치지 않고 관찰하고 맛을 보며 숲을 기억의 메모리에 하나하나 저장하고 있다. 다른 아이들은 우르르 뛰어 내려가고 있는데 빨갛게 익은 산딸기를 가리키며 하나를 따서 맛을 본다.

"이건 뭐죠?"

"새콤하면서 조금 달콤하기도 해요."

백문이 불여일견이라 했던가. 숲을 내려오며 지유가 활짝 웃는다.

앞질러 가는 아이들 발아래 피어오르는 흙먼지가 꽃처럼 피어오른다.

주문으로 살아났을까

- 왕오색나비

비가 온 지 언제던가. 건조한 바람과 바짝 마른 논은 쩍쩍 갈라졌고 집 앞 화단의 영산홍들도 목마름에 잎들이 비비 꼬이고 있다.

곤충을 찾아 나서는 발걸음도 무겁다. 올해는 애벌레 구경을 못할 정도로 곤충이 귀하다. 과연 오늘은 곤충을 만날 수 있을지 변화되는 자연 모습에 걱정을 앞세우고 길을 나선다.

언제나 새로운 장소를 찾아가는 마음은 설렘 반 두려움 반이다. 오늘은 포천에 있는 약천사 주변의 곤충을 만나러 간다. 날씨는 기우제라도 지내야 하는 상황이라 후덥지근하고, 건조하며 아침부터 마른기침이 나온다.

'요즘 메르스란 이상한 놈까지 나라를 뒤흔들고 있는데 잔기침이 나오는 나는 왠지 옆 사람에게 민폐를 주는 것은 아닐까'

라는 생각에 오늘 탐방이 조금 망설여진다.

내 차에 함께 탄 선생에게 미안한 마음이 들어 '나 요즘 잔기침을 하는데 이유는 역류성에 기후가 건조해서 더 기침이 나와. 메르스는 아니니 안심해'라고 말하면서도 혹 나도 모르는 메르스 균이 내 혈관을 타고 있는 것은 아닌지. '아니야 그럴 리가 없어,' 얼른 생각을 바꿔 약천사까지 내비게이션 안내를 받으며 갔다. 그런데 웬걸 시간 계산을 잘못하여 한 시간이나 앞당겨 현장에 도착했다. 막상 그곳에 당도하니 6월의 초록 경치가 나를 안아준다.

작은 계곡물이 어찌나 맑은지 하늘도 물속에 잠겨 목마름을 적시고 있었고 물속에 잠긴 내 얼굴도 시원함에 흡족해하는 표정을 짓는다. 맑고 투명한 물에 땀이 난 두 손을 물로 씻어주니 상큼함이 뼛속까지 전해진다.

계곡 옆에는 오래된 가래나무가 열매를 주렁주렁 달고 있다. 열매를 많이 달 때는 삶이 어려워서라는데 뿌리를 물속에 담그고 있다.

드디어 곤충을 만나러 나섰다. 주차장에 날개 한쪽만 떨어져 있는 나비 날개를 주워 보니 머리 몸통도 없고 한쪽 날개만 남아있다. 네발나비의 전략은 날개 뒷부분을 마치 더듬이와 머리처럼 위장한다. 그 날개를 가끔 비비는데 적에게 들켜도 포식자는 이 부분이 머리인 줄 알고 뒷날개 쪽을 공격한다. 그러나 꼬리 부분은 내어 주고 머리 부분이 멀쩡하니 뒷날개는 잃어도 먹이활동을 할 수가 있다. 그런데 이 친구는 모두 먹히고 날개의 일부분만 이렇게 바닥에 뒹굴고 있다. 잡아먹히지 않으려는 온갖 전략도 포악한 포식자를 만나면 아무 소용이 없는가 보다.

커다란 게시판 위에 왕오색나비 성충이 앉아있는 것을 발견했다. 이 나비는 주황, 파랑, 검정, 노랑, 흰색, 이렇게 다섯 개의 색이 조화를 이루고 있다. 나비 모양과 생김도 조금씩 다르다. 자연의 신비와 오묘함은 알려고 하면 할수록 블랙홀에 빠지게 만든다.

이 친구를 한 달 전에 만났었다. 애벌레 시절도 컸는데 성충도 크다. 애벌레 시절은 주로 팽나무나 풍계나무 잎을 먹고 자라며 잎 뒤에 숨어 있으면 잎인지 애벌레인지 구분 못 할 정도로 위장했던 모습이 대단했었다. 오늘은 번데기 시절을 거쳐 성충이 되어 날아다니는 나비로 만난 것이다.

왕오색나비를 관찰하기 위해 포충망으로 조심스럽게 잡아 선생님이 이마의 땀을 손가락에 묻힌 후 나비의 촉수에 대어주자 돌돌 말고 있던 촉수를 길게 내리며 손가락에 묻은 땀을 빨고 있다. 맛있는지 주변 사람들에게는 관심도 두지 않고 쪽쪽 빨고 있다. 나비의 눈이 돌출되어 있어 누군가를 보는 듯한데 누구를 보는지 알 수 없다. 나비의 눈과 마주쳤는데 아랑곳하지 않고 사람의 땀에 촉수를 대고 있다.

나비의 먹이는 꿀 말고도 물, 여러 사체, 우리들이 먹다 버린 음식물 등에서 나비에게 필요한 영양분을 섭취한다. 어느 것 하나도 소중하지 않은 것이 없나 보다.

나비가 우리에게 한마디 한다.

'이제 나를 놓아주지 않겠니?'

'난 아직 할 일이 많아, 짝을 찾아야 해. 그리고 후손을 남겨야 하는 중요한 일이 남았거든….'

'나비야, 너는 포식자 때문에 벌벌 떨고 있지?'

'요즘 우리 인간은 메르스 공포에 벌벌 떨고 있단다.'

'나비야. 우리 이 모든 공포에서 헤쳐 나오는 주문을 같이 외워보자.'

"수리수리 마하 수리 얍~"

우리는 풀밭에 왕오색나비를 놓아줬다. 나비는 잠시 풀밭에서 휘청거리더니 날개를 가다듬고 반듯한 자세를 하더니 사뿐히 날개를 펴고 날아올라 우리 주변을 한 바퀴 돌고는 숲으로 사라진다.

왕오색나비

왕오색나비가 잔가지에 앉아 있는 모습

왕오색나비애벌레 – 보호색으로 위장하고 있는 애벌레 모습.

숲에서 만난 공해

땀이 뚝뚝 떨어진다. 손으로 얼굴을 닦으니 손바닥이 흥건하다. 기분이 묘하다. 갱년기 탓인가, 가뜩이나 요즘 들어 주체할수 없는 몸의 불균형은 적극적인 태도가 아닌 소극적인 생활로위로를 삼는 핑계가 된다. 산 입구부터 땀이라니.

산 입구는 아파트담장을 끼고 오른쪽에는 방음벽이 있다. 도시의 삭막함을 벗어나 푸른 녹지로 활용하려 좁은 공간에 식재된 단풍나무와 벗나무가 방음벽 사이에서 햇빛도 못 보며 시름시름 앓고 있다. 이곳의 나무들은 줄기마다 작은 상처와 큰 상처를 끌어안은 채 살고 있다. 왜 이런 모습일까.

터널로 하루 몇 대의 차량이 지나가는 걸까? 신호대기로 즐비하게 서있는 차량의 배기관에서 품어져 나오는 매연이 아스팔트의 열기와 먼지에 뒤엉켜 괴물로 변한다. 기체는 바닥을 맴돌다가 사람의 보폭보다 더 빠르게 산으로 올라간다.

긴 머리에 짧은 반바지를 입은 여자가 지나간다. 그녀의 손에는 검은 봉지가 들려 있고 7세 정도의 사내아이와 산으로 오르고 있다. 그들의 뒤를 바짝 따르던 나는 오랜만에 숲을 와서 몇 계단 오르지 못하고 쉴 곳을 찾느라 눈길이 바쁘다. 콩닥거리는 심장의 빠른 박동수, 찌릿찌릿하며 차오르는 숨 가쁨이 결국 발걸음을 멈추게 했다. 잠시 숨을 몰아쉬고는 계단을 다시 천천히 오른다. 건강한 사람은 단번에 오르는 길을 나는 눈이 다 풀어진 상태로 간신히 정상에 올라 의자에 주저앉아 땀을 닦으며 주변을 한 바퀴 휙 둘러본다.

앞서간 긴 머리 여자가 "승현아, 위험한 곳은 가지 말고." 큰소리로 아이에게 말한다. 아이는 나뭇가지를 들고 언덕 위로 뛰어올라 여러 개의 커다란 구멍 중 중간 크기의 구멍 앞에 앉아 마구 쑤셔댄다. 멀리서 봐도 구멍 속은 꽤 깊고 어둡고 컴컴하며 음습했다. 아이는 무엇을 찾는 걸까? 한참을 구멍 속을 헤집던 아이가 나뭇가지를 휙 던지며 뛰어내려온다.

"엄마, 이곳에는 아무것도 없어."

"엄마 토끼에게 갈래",

"그래, 토끼에게 먹이 주러 가자."

당근과 배춧잎을 꺼내 토끼를 향해 던져준다. 어디서 나타났
는지 여러 마리의 토끼가 이리저리 뛰어다니다 먹이를 향해 다
가온다. 토실토실 살찐 토끼들이 눈에 띈다. 숲이라는 사육장에
서 사람들에게 길들여지고 있는 토끼들….

먹이 주는 일도 잠깐 아이는 엄마에게 곤충을 잡아 달라고
조르기 시작한다.

그때 흰 토끼 한 마리가 다가온다. 그 뒤에 검은 토끼도 보인
다. 토실토실하다.

"승현 어머니, 이곳에는 토끼가 아주 많네요."

"네, 이곳은 토끼를 풀어 키워요. 동네 주민들이 산책길에 오
며 가며 먹이를 가져다주면서 공동으로 키워요."

나는 슬며시 이 산에 사는 토끼가 궁금해지기 시작했다. 궁금한 숲길을 따라 걷기 시작했다. 여기저기 웅덩이에서 빨간 눈을 뜨고 지나가는 사람을 지켜보는 토끼와 눈이 마주쳤다. 섬뜩함이 느껴진다. 어디를 봐도 토끼와 주민들이 가져다 놓은 먹이들이 지저분하게 쌓여있었고 토끼의 몸이 반 정도 들어갈 만큼의 구덩이를 파고 웅크리고 앉아있다. 산에 어둠이 내리기 시작했다. 숲의 어둠 속에서 땅만 보고 걷는다. 발을 옮기기 민망할 정도로 토끼 똥과 구덩이만 보인다.

갑자기 비가 오려는지 흙바람이 세게 분다. 흙먼지가 날린다. 호흡을 잠시 멈추고 숨쉬기를 거부했다. 왠지 그렇게 해야 할 거 같았다. 숲에서 숨쉬기, 앉기를 거부하며 머무르고 싶은 생각이 없어 하산 길을 재촉했다.

내 눈앞에 펼쳐졌던 광경은 토끼 똥, 배추, 당근 등의 토끼의 먹이들…. 그 틈새를 어슬렁거리는 비둘기와 비둘기의 배설물 등, 그러나 아랑곳하지 않고 이곳을 이용하는 도시 사람들은 건강한 삶을 위해 운동기구를 흔들고 돌리며 열심히 운동하고 있다.

내 시야에는 터널에서 숲길을 따라 슬금슬금 올라오는 매연이 보인다.

자연을 닮은 아이들

　유아 숲 지도사라는 상당한 부담을 안고 문을 두드린 ○○과의 인연은 어느덧 실습이라는 단계까지 나를 안내해 준다. 시작할까 말까 망설임은 실제 내 생활의 번잡함 때문이었다. 후회하지 않으리라는 생각으로 달려온 길이 어느덧 마무리 단계에서 실습을 나가다니, 세월은 그냥 흘러가 주었다.

　내비게이션에 '○○어린이집'을 치니 집에서 35킬로나 된다. 설레는 마음으로 영동고속도로를 타고 양지 나들목을 통과하여 찾아간 곳은 양지 천주교 안에 있는 어린이집이었다. 원장신생님을 만나 인사를 나누고 나는 '하늘반'으로 배정받았다. '하늘 반, 무슨 의미일까?' 첫 만남의 아이들은 하늘처럼 맑은 색이었다.

　매일 숲 반의 오전 일과는 자유 시간 후 새참을 먹고 숲으로 향한다. 가는 길은 며칠 전에 내린 눈이 수북하여 위험 요소를 안고 있었다. 도착한 곳은 김대건 신부님 동상이 있는 '골배마실 성지'였다. 신앙 안에서 크는 아이들인 만큼 숲 체험도 기도로 시작한다. 미끄러운 눈 위에서 아이들은 자유로웠다. 아이들 스스로 놀잇감을 찾아다니며 조용히 자연을 탐색한다. 그야말로 간섭이 없는 숲 놀이다.

　숲 선생님 주노아래 하는 숲 체험이 아닌 이곳 어린이집 아이들은 스스로 숲에서 놀잇감을 찾아서 하는 모습이 놀라웠다. 그동안 보았던 숲 체험과 많이 비교되는 숲 프로그램이었다. 실습 기간에 내가 할 일에 대해 상당히 고민되는 시간이었으나 곧 나도 그 무리에 함께 채색되어갔다. 편안한 사색과 아이들의 노는 모습에 동요되는 시간이었다. 숲 놀이는 무엇인가를 가르치려고 했던 지난 내가 반성되는 시간이다. 준비물도 없는 교사들과 스스로 찾아다니며 재잘거리며 노는 아이들의 모습에서 노래가 탄생하고 있었다. 자연에 몸을 싣고 아이들이 연주하는 곡이야말로 자연 속에 묻혀 아름다운 멜로디가 되어 숲에서 메아리치고 있었다.

　영하의 날씨에 바람도 차가운데 장갑도 없이 눈을 뭉치는 아이들을 바라보다가 문득 나의 어린 시절 손가락이 동상에 걸렸

새들에게 먹이를 준 모습

던 생각이 났다. 흰 눈을 맨손으로 뭉치는 아이들의 고사리 같은 손이 빨갛게 물들어간다. 경험과 체험에서 얻어지는 지혜이기에 그냥 지켜만 보고 있다. 첫날 첫 느낌만큼 둘째, 셋째 날도 아이들은 역시 그렇게 스스로 찾아가며 숲에서 활동하였다.

하루는 피 땅콩 간식을 먹던 날이다. 새들에게도 나누어 주자고 하사 아이들이 하나씩 들고 새에게 먹이를 주러 나뭇가지나 나무 사이 틈, 혹은 바위 옆에 놓아주는데 재준이란 아이는 땅콩을 돌과 돌 사이에 깊숙이 감추며 돌탑을 쌓으며 숨긴 곳 표시를 한다.

"재준아, 새들도 못 찾겠다."

"네, 사실은 내가 내일 와서 찾아 먹을 거예요."

헉, 기발한 생각이다. 재준이는 다음날 숲으로 가자마자 돌탑으로 가서 숨겨둔 땅콩을 찾는다. 그런데 껍데기만 보인다. 새들이 와서 알맹이는 모두 파먹고 빈 쭉정이만 남겨둔 것이다. 재준이의 표정이 일그러진다.

'이렇게 꼭꼭 숨긴 것도 찾아 먹는 새의 시력은 얼마일까?'라는 생각을 하며 그동안 내가 해온 숲 놀이 방법에 대해 다시 정립해 본다. 아이들은 기다림이다.

마침내 실습 기간 중에 졸업을 앞둔 아이들이라 졸업 예행연습시간도 가졌다. 감성이 풍부한 인영이는 '엄마 아빠에게'라는 노래를 부르다 말고 눈물을 펑펑 흘렸다. 유난히 숲에서도 루페를 들고 다니며 관찰하기를 좋아했던 아이, 졸업가를 부르다가 우는 모습에 나도 담임선생님도 눈이 빨갛도록 울었다.

마지막 실습을 마치고 도로로 나왔다. 내게 자신의 이름을 아느냐고 물었던 지아… 등 아이들의 모습이 눈에 선하다.

숲에서 언제나 행복한 꿈을 키우며 자연을 닮은 아이들 생각만으로도 가슴이 뛴다.

흔들리는 거리

헛기침

아버지의 퇴근길임을 알리는 소리가 있었다. 헛기침이다.

헛기침은 골목 입구에서부터 시작되었다. 소리만으로 아버지와 집과의 거리를 측정할 수 있었다. 그렇게 아버지의 헛기침은 인기척이었고, 사람과 사람 사이의 거리를 잴 수 있었다. 만화책을 좋아했던 동생과 나는 골목에서 들려오는 헛기침 소리에 만화책을 보다가 후다닥 책상 아래 감추고 공부하는 척 시치미를 떼도 우리의 행동을 아는 듯했다. 그렇게 헛기침만으로도 아버지의 존재는 나에게는 파란 하늘이고 푸른 바다였다. 그런 모습이 약해지는 모습으로 다가온 것은 나를 시집보내는 자리에서 울음을 참는 아버지의 모습을 보면서 내가 생각한 강인함의 상징인 헛기침 속에 약한 모습이 숨어있었다.

최근 가족 모임에 아버지는 흰머리 위에 날 세운 푸른 중절모를 쓰고 오셨다. 멀리서 겉모습만으로도 아버지의 곧고 정직함이 눈에 확 띈다. 아버지는 식사 전에 모자를 벗었다가 식사가 끝나기 무섭게 모자를 찾아 쓴다. 젊은 사위나 손주들이 당신으로 인해 술자리가 불편해할까 봐 자리를 피해주려는 배려다. 이렇게 최근에는 아버지의 상징인 헛기침에서 모자로 바뀐 것이다.

가끔 하늘을 보다보면 푸른 매력에 빠진다. 고개를 쳐들고 눈길만 주면 쉽게 접할 수 있는 게 하늘이다. 바라보는 순간 마음속에 담아둔 사소한 감정이 마치 잉크가 물에 풀리듯 스르르 풀려나간다. 이처럼 하늘은 친구처럼 내 삶과 푸름으로 함께 있어 주며 풀지 못하는 속마음을 푸름으로 어루만져주었다.

푸른색에서 서양 사람들은 우울을 읽었다 하고 동양인은 희망과 발전을 상징한다고 했다. 내가 선호하는 푸른색을 보는 순간 고민이 바로 해결되듯 맑고 푸른색에 묻혀 있으면 차분해지고 사려가 깊어진다. 그래서일까 이 빛깔이 무조건 좋다. 아버지 생각의 빛이었을까.

누린내풀, 어사화라고도 한다.

쪽물들이기

얼마 전 천연염색에 관심이 있어 배운 적이 있다. 우리나라에는 '쪽'이라는 풀이 있다. 이 풀은 재배해야 하고 삭히는 과정이 복잡하여 대부분 인도산 '인디고페라 틴토리아'에서 추출된 분말에 하이드로, 잿물, 알칼리를 희석해서 쪽물을 들인다.

특히 쪽은 염색 과정에서 산화가 빨리 일어나므로 나는 천이 물 밖의 산소를 만나지 않게 물속에서 쉬지 않고 소물소물 주물렀다. 혹여 잘못하여 천이 물 밖으로 나가면 얼룩진 염색이 되니 빠른 손놀림으로 준비해 간 에코가방과 천을 구석구석 주무른 후 빨랫줄에 널어놓았다. 푸른 하늘 아래 산소를 만나 푸른색으로 변색되는 것을 바라보고 있다. 푸른 하늘 아래 아버지의 모습이 보인다. 빙그레 웃는 틀니 사이로 푸른 웃음이 새어나온다. 그 옆에 아버지의 성품을 닮은 내 모습이 우뚝 서 있다.

쪽빛처럼 차갑고 대찬 아버지, 꼿꼿한 성품으로 일생을 자신만의 빛깔을 내기 위해 무던히 노력하는 삶이었기에 외롭고 힘들었음을 푸름으로 대신한다.

오늘은 흰머리에 푸른 모자를 눌러 쓰면서 헛기침까지 하신다.

오래된 인연이 더 소중하다

방비를 들고 쓰레질을 하던 시절, 바닥에 흩어진 성냥개비를 주워 담기 귀찮아 비로 쓸어 모아 쓰레받기에 담아버렸다. 이를 지켜본 아버지에게 물건의 소중함과 아낄 줄을 모른다는 훈계를 들었다. 성냥개비 몇 개 때문에 혼이 난 사람은 나밖에 없을 거라는 생각과, 그 후론 물건을 함부로 사거나 버리지 않게 되었다.

어렵던 시절 절약을 몸소 실천하던 아버지 때문에 신문에 끼어오는 전단지는 공부할 때 나의 연습장이 되었다. 그래서였을까. 나는 지우개 하나로 몇 년을 쓰고 학용품을 잃어버리는 경우가 거의 없었다. 모든 물건에 대한 애착은 이때부터였다.

아들 초등학교 첫 번째 소풍을 따라가기 위해 남방 속에 받쳐 입을 면으로 된 소매가 없는 빨간 티를 하나 사서 입었다. 그날 이후 봄이 되면 등장했다가 시원한 가을이 되어서야 서랍장으로 들어갔다. 처음에는 외출복으로 입었지만, 수년이 지난 어느 여름날부터는 이 티는 잠옷처럼 변신했고 지금까지 여름이면 다시 등장해서 시원한 여름을 나게 해줬다.

수십 년 동안 오래 입다보니 천이 얇아지고 여기저기 구멍이 났지만, 과감히 버리지를 못한 채 여름이 되면 나약 중독자처럼 이 옷을 다시 찾아 입고 더위를 식혔다.

해마다 새 옷들과 섞여 있는 이 옷을 볼 때마다 버릴까 말까 갈등하며 '아냐, 이 옷보다 시원한 옷은 없어, 어찌 맺은 인연인데…'라는 생각에 다시 소중한 물건 다루듯 내년을 기약하며 서랍장 속에 빨간 티셔츠는 휴면기에 들어갔다.

몇 년 전 38도 이상의 무더위가 찾아왔을 때다. 혼자 집에 있으면서 에어컨을 켤 자신이 없어 버티다 그날도 뭐에 홀린 사람처럼 낡은 빨간 티를 찾아 입었다. 시원함의 강도는 해마다 숭숭 구멍이 커지면서 티셔츠의 진가를 더 발휘했다. 여름에 효자 역할을 단단히 해준 덕에 그해 가을 옷 정리에 소중한 애장품이 되었다. 왜 못 버리는 걸까….

어쩌면 내 내면세계에서 이 티를 입고는 30대 초반 아이의

벌레가 먹은 잎

엄마로 변신하고 싶은 생각이 더 컸을지도 모른다.

사람과의 관계에서도 나는 만남과 헤어짐도 쉽게 하지 않는다. 성격이 좋다는 이유로 주변에 많은 친구가 있지만, 새로운 사람도 좋지만 구멍이 숭숭 뚫릴 정도로 오래된 친구를 나는 오늘도 찾는다. 마음을 열어 놓고 마음껏 지난날 허접한 이야기만으로도 눈물까지 흘리며 깔깔대고 웃을 수 있는 오래된 친구가 나는 좋다.

서랍장을 정리하다 마주한 빨간 민소매 티셔츠….

이게 뭐 그리 소중하다고 손으로 만지작거리다 젊은 날 아이를 따라 처음으로 나섰던 소풍을 생각하다 빙그레 웃고는 서랍장 문을 닫는다.

구멍이 숭숭 뚫린 티셔츠에는 소중한 나의 아들 이야기와 친구의 이야기가 들락거리고, 옷의 구멍이 커져도 맘껏 웃을 수 있는 그 오래된 추억이 있어 더 소중하다.

덥던 그 날, 낡은 티셔츠를 입고 뚝뚝 떨어지던 땀을 식혀 주던 나의 빨간 민소매처럼….

기억여행

오랜만에 찾은 설악산, 주변이 많이 변해있다. 해마다 설악산 언저리만 남편과 찾았고 언제부터인가 발길을 뚝 끊고 수년 만에 오니 모두가 낯설다. 천천히 걸으며 비선대로 향하는 길로 들어선다.

저녁 빛이 눈부시게 조릿대 사이를 간지럽히고 산 너머로 도망가려는 듯 빛의 움직임이 빠르다. 석양빛이 붉게 물들일 때 숲에 들어가 앉아 그 숲을 바라본다. 가장 낮은 자세로 앉아서 본다.

몇 걸음을 옮기다 보니 마지막 생에서 안간힘을 쓰고 있는 단풍잎을 만났다. 잎 가장자리가 비틀어져 말라가고 있다. 아직도 단풍나무는 떨켜층을 만들지 않고 잎을 매단 채 석양빛에 오묘한 빛을 발하고 있다. 끝까지 겨울눈을 보호하고 싶은 단풍나무는 이렇게 본연의 의무에 최선을 다하고 있었다.

늦가을, 숲은 바람으로 가득하다. 나무들이 우는 소리를 낸다. 난 그동안 용기가 없어 혼자 여행을 거의 해 본 적이 없다. 홀로서기의 두려움증이라고나 할까? 오늘은 모임 주체여서 앞장선 사람들의 뒤를 따라 천천히 걸으며 생각하는 시간을 가졌다.

다시는 오지 않으리라 맹세한 길. 그 후로 설악산은 케이블카 타는 곳까지만 왔다 가곤 했다. 그리고 30여 년 만에 이 길을 걸어보는 것이다.

남편과 연애 시절 아련한 추억 하나가 기억의 수면 위로 떠오른다. 그때 기억을 잠시 붙들고 비선대로 향하는 길에 서서 살며시 펼쳐본다.

오빠와 남편은 고등학교 동창이다. 오빠 친구인 지금의 남편과 연애 시절 오빠를 앞세워 산행의 기본 상식도 없이 대청봉 산행을 따라나섰다.

처음 목표는 대청봉까지 오르기로 했다. 가다보니 약한 체력과 보폭이 짧은 나 때문에 목표가 소청봉으로 바뀌었다. 그러나 산속 어둠은 이른 시간부터 찾아왔고 사람들의 움직임도 빨라

낙엽으로 만든 꽃

졌다. 등산객들이 급히 서두르는 이유를 몰랐고 우린 어둠을 대비할 장비도 없었다. 네 시쯤이나 되었을까? 주변은 점점 더 어두워지기 시작했다.

소청봉도 포기하고 대피소를 찾기로 계획을 바꿔 사람들에게 물어 희운각 대피소로 질러가는 길 안내를 받았다. 그 길은 사람의 발길이 닿지 않는 곳이라 온통 뿌리와 뿌리가 엉켜있고 우린 밀림의 성으로 들어가고 있었다.

어둑함을 안고 숲에는 오직 세 사람뿐, 한 발 한 발이 마치 살아있는 뱀을 밟는 듯 발바닥에서 뭉클거리는 느낌은 머리끝까지 자극을 주었고 모든 신경이 일어나 소름이 끼쳤으며 머리카락은 쭈뼛쭈뼛 일어섰다.

숨을 죽이며 앞만 보고 걸었다. 등에서는 식은땀이 쭉 흘렀다. 한껏 멋을 내느라 새로 산 흰색 나이키 가죽 운동화는 10년 신은 것처럼 헌 운동화가 되었다.

어둠은 짙어져 한 치 앞도 안 보였으며 오로지 두 남자만을 의지한 채 무서움에 떨며 내려오다 앞서가던 일행을 만났다. 조금만 더 가면 된다고 알려주었다.

어둠을 깨고 멀리서 반짝이는 불빛이 보이자 떨리던 발걸음이 한결 가벼워지며 진정되었고 목적지인 희운각 대피소에서 일박했다.

숲에서의 밤은 피의 순환과 내장을 또 다른 긴장으로 어둡게 했다. 낯선 장소와 텐트 속의 밤은 주변 사람들이 떠드는 소리와 음악 소리로 꽉 차 있어 작은 소리에도 예민한 내 신경을 모두 일으켜 세워 뜬눈으로 밤을 지새웠다.

다음 날 아침 비선대쯤 내려오는데 갑자기 내 얼굴은 하얗게 질리고 식은땀이 나며 작은창자가 뒤틀리고 꼬여서 한 걸음도 걷기 힘들었다. 어제 숲속 어둠이 자아낸 무서움의 증폭은 복통으로 이어졌고 혼자의 몸을 지탱하기도 힘들었다. 지금의 남편은 두 개의 배낭을 메고 나를 부축까지 해주며 괜찮냐고 계속 물으며 지나는 사람에게 비상약을 구해줬다. 내게 최선을 다하는 자상한 남자를 따라 나오며 속으로 다시는 이런 무모한 짓은 하지 않으리라는 다짐에 다짐을 했다. 이런 모습을 옆에서 지켜보던 오빠는 걱정스러운 얼굴로 묵묵히 앞장서 걸으며 아무 말도 하지 않았다.

그날 이후 처음으로 이 자리에 왔다. 홀로 지난날의 추억에 빠져 걷고 있다가 호랑이 울음소리를 내는 바람과 마주쳤다.

키 큰 상수리, 굴참나무들이 갑자기 껑충거리며 내게 다가오고 있다. 나는 숲의 바람 소리에 밀려갔던 길을 되돌아 나온다. 거꾸로 거꾸로 풋풋한 연애 시절 필름이 돌아가니 입가엔 미소가 맴돈다. 추억의 흔적을 따라 내 그림자는 기억여행을 하며 이 길을 걷고 있다.

이 순간 그동안의 삶이 모두 필터에 걸러지고 이십 대의 순수한 모습만이 소나무처럼 우뚝 서 있다.

지금의 나, 루페를 들고 숲에서 나무나 풀들을 관찰하기에 바쁜 숲 해설가가 되었다. 이제는 숲이 무섭기보다 오묘하고 사랑스럽다. 계곡에 떨어진 잎들이 고여 있는 물 위에 수북하다. 낙엽은 물 위에 다양한 무늬 옷을 입히며 그림을 그리고 있다. 물이 따뜻해 보였다.

내가 선택한 긴 여행의 동반자인 자상한 남편은 젊은 날의 회상 자리에서 나와 함께 이 길을 걷고 있다. 이제는 서로의 짐을 나눠지면서….

비에 젖고 음악에 젖고

비 오는 거리, 내 앞에서 투명 우산을 쓴 꼬마가 엄마 손을 잡고 빗속을 걸어간다. 우비 입은 아이는 자기보다 큰 우산을 쓰고 떨어지는 물방울을 바라보며 흥얼거리며 걷고 있다.

나도 장난기에 움푹한 곳에 고여 있는 물을 철벅거리며 걷다가 사뿐사뿐 걸어도 본다. 물 분자를 발아래 느끼며 철벅 소리는 음악이 되어 귓가에 출렁인다. 어스름한 저녁, 번화가의 현란한 네온사인이 술에 취한 듯 빗물과 만나 가물거린다.

야외 활동에 허기진 몸은 에너지 충전을 원한다. LP bar가 눈앞에 들어온다. 시원하게 쏟아지는 비를 맞고 싶다는 생각이 머릿속을 꽉 채우지만, 발걸음은 이미 음악을 타고 LP bar 쪽으로 걸어가고 있다. 무거운 몸이 문을 밀고 들어가 자리에 앉는다. 일행 중 30대 후배가 필리핀산 맥주 산미구엘에 손가락을 얻는다.

"이거요." 맥주 종류를 모르는 나는 얼른 "나도요."라고 눈치껏 주문했다.

맥주의 붉은 상표는 조명 아래 정열적으로 보였다. 맛은 싸하고 상큼했으며 알코올 성분이 목 줄기를 따라 한 알씩 터지며 리듬을 탄다. 향긋한 맛은 대뇌를 자극한다. 마음이 풀어진다.

"우리 음악 신청해요." 하며 후배는 이은하의 '봄비'를 신청한다. 허스키한 이은하 목소리의 울림은 맥주와 함께 피아노 건반을 두드리듯 머릿속을 깊게 걷고 있다. 시선을 창밖 광장에 내려놓는다.

2층 창에 닿은 느티나무 연두 잎이 물방울을 톡톡 받아치고 있다. 마치 음악에 맞춰 춤을 추듯 서로 엉겨 커다란 물방울을 만든 후 잎맥을 따라 땅으로 추락한다.

분위기와 음악에 취한 나, 비에게 작은 바람을 건넨다. '더 강한 비가 내려 주기를….' 얼마나 지났을까! 창밖 빗줄기가 굵어져 장난치던 나뭇잎은 쏟아 붓는 물줄기를 감당 못하고 힘없는 잎이 눕는다. 빗방울은 양주를 마신 듯 휘청거리며 내린다. 바라보는 내 눈이 흔들린다. 먼 광장에 시선을 돌린다.

지나친 야외 활동에 지친 묵직한 마음은 노랫소리와 비에 이끌려 광장 한복판에서 굵은 비를 맞으며 세례식을 치르고 있다. 피곤한 몸은 의자 깊숙이 파고들며 눈꺼풀은 이중 커튼을 친다. 빗방울이 음악 소리에 맞춰 내 몸을 더듬고 표피층을 지나 혈소판을 찾아 오선지에 악보를 그린다.

하굣길, 버스 안에서 소나기를 만났다. 버스 정류상 앞은 허허벌판이라 비를 피할 곳도 없었다. 비는 겉옷을 적셨지만 나는 비 한 방울도 피할 수 없었다. 집을 향해 뛰던 발걸음을 포기하고 터벅터벅 걸었다. 빗줄기는 점점 굵어져 눈을 뜰 수 없을 정도의 비가 머리와 온몸에 쏟아 부었다. 상의는 속살까지 드러냈고 교복치마는 빗물과 하나되어 허벅지 사이로 말리며 걸을 때마다 허벅지살을 쓸었다. 뻣뻣하게 젖은 옷의 무게와 시야를 가리는 빗줄기…. 그때,

"저기, 잠깐만요…." 하는 소리에 뒤를 돌아보니 한 남학생이 서 있었다.

'이 친구는 2년째 버스 안에서 만난 그 남학생!' 대답하고 싶은 말이 있었는데, 젖은 옷이 눈에 들어온다. 순간 나는 집을 향해 무조건 뛰었다. 등 뒤에서 들리던 남학생의 굵직한 목소리

는 빗방울과 함께 귓속을 파고들었다. 처음으로 흠뻑 맞은 비였다. 감성이 예민한 사춘기 소녀는 얼굴이 붉게 달아오른 채 빗줄기를 안고 집으로 뛰어와 철 대문을 힘껏 발로 차고 들어갔다.

"꽝~"

철 대문의 쇳소리가 허공을 맴돌고 하고 싶었던 말도 빗소리에 묻혔다.

잠시나마 여고 시절 회상에 미소를 짓다가 익숙한 음악 소리에 눈을 떴다.

LP bar 안에는 '볼레로'가 흐르고 있다. 유리창에 붙은 물방울은 소리에 맞춰 파르르 흔들리다 주르륵 미끄럼을 탄다. 일행은 아직도 술잔을 기울이며 음악에 취해 있다. 모처럼 풀어졌던 마음을 싸며 말한다.

"자, 이제 집에 갑시다."

흔들리는 거리

10월 하순, 가로등 불빛이 거리에 내려앉는 어스름한 저녁이다. 가을은 무르익어 가로수는 각자의 단풍 옷을 입고, 성질 급한 놈은 벌써 떨켜층을 만들어 모체인 나무와 이별을 하고 바람에 나뒹굴며 쓰레기가 되어 인간의 발아래 짓밟히고 있다.

6시 30분 약속, 꾸물거리다가 시간이 임박해서야 약속장소를 향해 걸음을 재촉하며 질러가는 골목길을 택했다. 중앙통로에는 수령이 얼마 안 된 느티나무가 있고, 가로수와 가로수 사이에는 야외용 파란색 플라스틱 테이블과 의자가 놓여 있다.

남자들이 테이블에 4~5명씩 둘러앉아 술을 마시고 있었으며 직관적으로 회색빛 골목 안 기운이 눈으로 들어오는 것을 느꼈다. 그들은 초췌한 복장에 무표정했지만 심각해 보였다. 그들 앞을 지나 광장 쪽을 향해가다 나도 모르게 땅바닥에 눈길이

풍선덩굴 : 북촌 어느 담장에서

쏠렸다.

'피다!' 갑자기 온몸이 섬뜩해지며 심장박동수가 빨라짐을 느꼈다. 땅바닥에는 여기저기 피가 떨어져 있었고 초저녁 가로등 불빛이 파고들어 더욱 붉게 보였다. 나는 뚝 뚝 땅에 도장을 찍은 핏방울만을 주시하며 발걸음을 떼었다. 붉은 피에 대한 두려움 때문인지 몸은 긴장되었고 호흡이 점점 빨라지는 것을 느꼈다. '대체 이곳에서 무슨 일이 있었을까!'

몇 발자국을 전진하였고 내 시선은 땅바닥과 주변 환경을 빠르게 움직이며 하나하나 사진을 찍으며 머릿속 영상필름도 돌아가고 있다. 발 앞에 머리 크기만큼 쏟아져 있는 짙은 선홍색의 피에 불빛이 내려와 반짝이게 코팅을 하고 있었다. '저것이 피가 아니라면'이란 엉뚱한 생각이 드는 순간, 착각할 정도로 불빛에 비친 피는 내 눈에 유리공예처럼 보였다.

내 시선은 또 다른 곳으로 이동한다. 마치 자동카메라의 눈처럼…. P나이트클럽과 경륜장이라는 간판이 눈에 들어온다. 골목에서 소주를 마시는 사람과 지나가는 사람 모두 사건에는 관심도 없었으며 마치 아무 일도 없었다는 듯 술을 마시며 자기들만의 이야기에 집중하는 모습이다. 낯선 도시에서 나만 혼자

이방인이 되어 여기저기 흩어진 병 조각을 보고 걸어가고 있다.

골목 안 중간쯤에 경찰관 세 명이 한 남자를 가운데 두고 빙 둘러 서 있다. 남자의 손바닥에는 손전화만한 유리 조각이 박혀 있고 경찰관이 남자의 손에 물을 부어주고 있다. 골목 안 피의 주인임이 틀림없다. 남자의 얼굴에서는 고통스러워하는 표정이 보이질 않는다. 피가 철철 나오고 있었고 유리 조각이 손에 박혀있는데 그 고통은 고통도 아닌 듯 땅바닥에 앉아 유리가 박힌 손을 멍하니 들여다보고 있다.

현장 옆 푸른 테이블을 가운데 두고 앉아 있는 사람들은 모른 척 술만 마시고 있다.

나 또한 친구와의 약속 때문에 사고 현장을 스캔만 하고 그냥 지나쳤다. 짧은 거리였지만 어둡고 긴 터널을 지나온 느낌이다. 친구를 만나 골목으로 다시 들어갔으나 다친 사내와 경찰관은 사라지고 땅바닥에 떨어진 피만 찐득거리는 조청처럼 변해가고 있었다.

여전히 푸른 테이블에 둘러앉은 마네킹 같은 사람들은 편의점에서 산 과자 부스러기를 놓고 소주를 마시고 있었다. 겹겹이 쌓인 주름과 검은 피부색, 초점을 잃은 눈동자, 주름의 깊이를 알 수 없을 만큼 가로등과 식당가에서 새어 나오는 불빛만이 그들의 얼굴을 비춰주고 있었다. 그들은 누군가의 아버지들….

왠지 마음이 씁쓸하고 우울한 기분으로 횟집엘 들어갔다. 횟집 안은 방금 지나온 바깥세상과는 전혀 다른 세상이 펼쳐지고 있었다. 푸짐한 안주가 테이블이 모자랄 정도로 꽉 채워졌으며 피부 또한 하얗고 고왔다. 주름도 눈에 띄지 않았고 밝은 표정과 생기 있고 활기찬 언쟁 또한 토론처럼 각자 이야기에 집중하느라 횟집 안은 시끄러웠다.

앞에 앉은 친구가 이야기하는 동안에도 내 머릿속은 어느새 골목으로 달려 나가 흔들리는 거리에 서서 골목 안의 풍경을 바라보고 있었다.

'사람들은 무엇을 위해 사는 걸까!'

거리는 어둠 색이 짙어졌다. 가로등 불빛은 바람에 흔들리고 푸른색 야외용 테이블 위에는 그들이 버리고 간 쓰레기와 빈 소주병 그리고 깨어진 병 조각이 여기저기 흩어져 있고 휘청거리는 가을바람에 낙엽들만이 골목을 배회하고 있었다.

노랗게 물든 날

낙엽이 머리 위에 빙그르르 돌다 발아래 툭 떨어진다. 계절은 가을 옷을 입고 낙엽을 떨어뜨리며 겨울 준비를 하고 있다. 가깝게 느끼던 태양 빛도 한 발씩 물러나고 있다. 아니 멀리 달아나고 있다.

흰 머리에 하얀 수염을 길게 늘어뜨리고 흰 바지저고리와 두루마기를 입고 앉은키는 베개 높이만큼 아주 작은 산신령이 자고 있는 내 이마와 머리를 쓰다듬고 있다. 그 손길이 어찌나 보드랍고 포근하던지 깜짝 놀라 눈을 떠 보니 꿈이었다. 혹시나 해서 이리저리 찾아봐도 산신령은 보이지 않고 내 몸은 온통 땀으로 뒤범벅이 되어있고 이불도 흠뻑 젖어 있었다. 내 옆에서 언니는 세상모르고 자고 있다. 나는 자다 말고 젖은 옷을 갈아입고 푹 젖어 있는 이불을 뒤집어 덮고는 다시 잠이 들었다.

밤에 나타난 산신령의 잔상이 남아 있어 머릿속이 뒤숭숭한 아침이다. 노란 티셔츠를 겉옷 속에 받쳐 입고 출근을 했다. 사무실 직원이 나를 보더니 "미스 리 얼굴이 티셔츠보다 더 노란데" 한다. 나는 얼른 거울을 봤다. 거울 속에 내 얼굴은 노란 단풍이 든 은행잎처럼 노란 색소가 발현되었다. 이게 뭔 조화인가. 사무실 직원이 다시 말한다. "아무래도 황달 같아." "황달이라고요?" 황달에 대한 의학 상식이 없던 나는 은근히 걱정되었다.

다음 날 아침 일찍 아버지와 함께 대학병원을 찾았다. 병원은 진료 받을 환자들로 북적댔고 의사는 회진 후 새 환자를 보는 시스템이라 복도는 더욱 혼잡스러웠다. 급하게 진료를 기다리는 환자들에겐 지루하고 긴 지옥 같은 시간이었다. 아버지는 딸이 곧 죽을 거 같이 보였는지 "이 사람들아, 사람이 다 죽어가고 있는데 얼른 진료도 안 보고 몇 시간씩 이렇게 기다리게 하고 뭣하는 짓이냐"고 냅다 소리를 지르신다. '아' 나는 아픈 거고 뭐고 창피한 마음에 내 얼굴에는 붉은 색소가 나오고 있었다. 아버지의 호통에 간호사가 복도에 나와서 조금만 더 기다리라고 진정시키고 들어갔다.

병원에 와서 그런가! 몸의 기운은 더 빠지고 얼굴색은 더욱 노랗게 변하고 있었다. 2시간이라는 긴 시간을 기다려 어렵게 진료 후 급성간염이라는 진단이 내게 떨어졌다. 병원에 입원하라는 의사의 소견에 아버지는 입원시킬 형편이 안 되니 처방만 내려 달라 하고 약국에 들러 약을 한 보따리 받아 나를 집에 데려다 주고 푹 쉬라고 하고 나가셨다.

그때 내 나이 22세.

처녀가 황달이라는 병에 걸렸으니 아버지의 근심이 더욱 커져서 여기저기 지인들에게 물어 신당동에 있는 한의원을 소개받아 나를 데리고 갔다. 주소를 들고 찾아가니 대문 위에는 커다랗게 '○○한의원'이라는 간판이 붙어있었다. 대문은 열려 있었고 안마당으로 들어서는 순간 나는 지옥의 문에 들어선 느낌이었다. 그곳에는 피부색이 노래도 아주 샛노란 황달 환자가 있었고, 그보다 병이 더 심해 얼굴빛이 검은색이 된 흑달 환자 몇 명이 마당 한복판에 있는 평상에 앉아 나를 쳐다보고 있었다. 흑달 환자의 피부색은 검은 흑갈색이라 마치 저승사자의 얼굴처럼 보였다. 그 옆에 앉아 있는 황달 환자는 앉은 의자도 노랗게 물들일 듯 피부색이 샛노랬다. 이곳은 마치 저승 같았

다. 간 기능이 손상되어 마지막 한 가닥의 희망을 붙들고 저승
문 앞에 서 있는 사람들뿐이었다. 그 환자들은 나이가 많았고
나는 20대였다. 그들을 본 순간 나는 아버지에게 말했다.

"아버지 난 병도 아니니 그냥 집에 가요."

"아니다, 여기가 간질환 환자들한테 최고라는 한의원이니 기
다렸다 진료를 받고 가자."

내 차례가 되어 한의사 앞에 가서 앉았다. 의사는 내 눈까풀
을 뒤집어도 보고, 얼굴 피부색 상태나 배도 눌러보고 진료를
하더니 침을 몇 군데 놓고는 별거 아니니 30분 후 침을 빼고
가란다. 그때야 근심으로 가득 찼던 아버지 얼굴에 화색이 돌고
안심이 되었다는 표정을 짓는다. 한의원을 다녀온 후 얼마 동안
집에서 병원 처방약과 엄마가 신경 써서 만들어준 간에 좋은
음식을 먹으며 급성간염이라는 질병으로부터 나는 서서히 해방
되었다.

십 수 년이 지난 11월 햇살이 좋던 어느 날.

몇 구간을 은행나무만 심겨 있는 가로수 길을 차를 타고 달린
다. 며칠 전만 해도 가뭄으로 인해 나뭇잎 가장자리는 바짝 마
르고 비비 꼬여 있었다. 때마침 이틀 동안 내려준 단비로 목마

름을 흠뻑 채우고 매연에 찌들어 지저분했던 잎들도 빗물로 씻어 맑고 깨끗해진 노란 잎을 선보이고 있다.

충만함 속에 내실을 키우고 비우는 연습이 잘되어 있는 나무는 날씨 변화에 떨켜층을 만들어 잎의 무게를 간신히 지탱하며 떨어뜨릴 때를 기다리고 있었다. 이미 떨어진 잎들은 도로 위로 자가 빠르게 지나가자 바람의 뒤를 따라가다 사그라진다. 가로수의 녹색 잎은 온통 노랑으로 물들인 채 바람에 또는 스스로 잎을 하나씩 도로 위에 던져 놓고 있다. 아니 쏟아 놓고 있다.

녹색 세상이 전부인 줄 알았던 나.

차에서 내려 나는 노란 낙엽을 밟고 그 위에 서 있다. 그 길을 한 발 한 발 걸으며 은행잎처럼 노란 색소가 내 몸에서 발현되던 젊은 날을 떠올리고는 '풋' 하고 미소 짓는다. 고개를 숙여 발아래 밟힌 잎을 바라본다. 잎들은 발아래서 처연하다. 고개를 들어 잎 떨어진 나뭇가지를 본다. 빈 가지마다 잎 떨어진 자리마다 살을 도려낸 상처처럼 드러나 있다.

'아픔은 말이야 바로 흔적이야. 내 몸에서 노란 색소가 다시 발현되어도 이제는 놀라지 않을 거야. 봄은 또 오니까.'

어린 시절 냄새

류머티즘이라는 불치병에 걸린 며느리가 맘에 걸려 양손에 한약을 들고 시어머니가 그녀 집을 찾아왔다. 시아버지가 잘 아는 한약방에서 병 치료에 좋은 거를 특별히 넣었으니 꼭 먹어야 한다고 신신당부까지 한다. 아침에 일어나자마자 그녀는 약 한 봉지를 전자레인지에 돌린 후 한 모금을 입에 넣었다. 비릿한 동물성 냄새가 코에서 위로 전달되어 뱃속을 요동친다. 곧바로 화장실로 달려가 위장에 있는 것과 노란 물까지 다 쏟아냈다. 그리곤 진종일 냄새의 울렁거림으로 아무것도 못 먹는 하루를 보냈다.

다음날 시어머니가 "약 먹을 만하냐"고 전화로 묻는다. 그녀는 한마디로 "아니요, 못 먹겠어요. 이 한약에 무얼 넣으셨나요? 혹시 고양이나 동물성 무언가를 넣은 거 같은데 너무 냄새

가 역겨워요." 하자 시어머니는 단호하게 "아니다, 몸에 좋은
거만 넣었다. 진짜 좋은 거니 꼭 먹어라" 하고는 전화를 끊는다.
며느리를 끔찍이 위하는 시어머니 생각에 그녀는 다음날 다시
약을 데워 꼭지를 자른다. 잘린 사이로 새어 나오는 냄새를 맡
자마자 또다시 속이 울렁이며 메스꺼워 위장 속에 있는 모두를
쏟아냈다. '도저히 못 먹는 그 무언가가 이 한약 속에 섞여 있는
게 맞아.' 한약 먹기를 포기한 그녀는 시어머니에게 전화를 건
다. "어머님 한약에 고양이 넣은 거 맞지요?"라고 묻자, 한참을
웃으시던 시어머니가 할 수 없이 사실대로 말한다. "애야, 고양
이가 류머티즘에 좋다 해서 비싸게 맞춘 건데 냄새를 어찌 그리
잘 맡냐."며 그녀에게 먹이길 포기했다.

사실 고양이를 먹어 본 적도 없는 그녀다.
냄새에 대한 예리함과 직관력은 어디서 온 걸까….

구리시에 있는 인창초등학교 뒤 몇 채 안 되는 마을, 대궐
같은 한옥에 그 아이는 살았다. 마당 한가운데에는 펌프가 있었
고 마루에 앉으면 마당에서 일어나는 일을 한눈에 볼 수 있는

유리산누에나방번데기

그런 옛날 집의 구조다.

놀 거리가 없던 그 시절,

학교에서 돌아오면 가방을 마루에 던져놓고 집 뒤에 있는 논둑으로 뛰어갔다. 개구리 울음소리가 가득한 논은 온종일 놀아도 심심하지 않은 자연 놀이터였다. 이른 봄부터 개구리알, 올챙이, 개구리, 맹꽁이 이런 양서류의 사연 친구들이 늘 논과 밭에서 그 아이를 기다렸고 무한정 널려 있는 자연 속에서 놀았다.

하루는 윗동네 사는 친구 집을 놀러 갔다. 너무 어릴 적이라 잘 모르지만, 그 동네는 철거민을 이주시킨 건지 아니면 너무 가난하여 천막을 치고 사는 건지 친구 집 방안을 들여다보고는 눈동자가 휘둥그레졌다. 대문도 방문도 없고 천막 하나 달랑 달린 방안, 그리고 그 황토 위에 장판이 아닌 솜이 들어간 이부자리가 깔려있었다. 그 아이가 태어나 처음 보는 집의 구조다.

"어머⋯."

자신도 모르게 놀란 얼굴을 하는 걸 본 친구는 창피했던지 울기 시작한다. 그 아이는 우는 친구를 달래주지도 못하고 그 자리에서 벙어리가 되어 한참을 서 있다가 먹먹한 가슴으로 집으로 돌아왔다. 그날 가본 친구의 집에서 나는 흙냄새가 오랫동안 그 아이를 따라 다녔다.

그 아이가 사는 동네에는 같은 또래라고는 남자아이들뿐이어서 풀을 뜯고 빨간 벽돌을 빻아 소꿉놀이하며 거의 혼자 놀았으며 날마다 논으로 달려가 개구리 알이 자라는 걸 지켜보았다. 하루는 알에서 깨어난 올챙이가 논바닥이 새카맣게 바글거렸다. 논바닥을 가득 메운 수많은 올챙이를 고무신 속에 넣고 놀다 한 마리를 자신도 모르게 배를 눌렀는데 창자가 튀어나왔다. 툭 삐져나온 창자를 신기해서 바라보다 호기심에 몇 마리를 더 잡아 배를 터트리고 놀았다. 그때는 너무 어려 생명의 소중함을 모르던 때였다.

그렇게 한참을 놀고 집에 올 때면 올챙이를 잡아 놀던 손은 논물에 불어 쭈글거리고 손바닥에서는 비릿한 올챙이 냄새가 오랫동안 배어있었다. 비누칠을 해서 오랫동안 닦아도 지워지지 않던 냄새. 그 냄새는 성인이 되어서도 그녀를 따라다녔다.

그 해, 그 논.

아이가 놀다 간 자리에는 올챙이 검은 창자가 쌓여 작은 무덤이 만들어졌다.

하루는 어슬렁거리며 기어가는 맹꽁이를 잡았다. "맹꽁"거리는 소리가 궁금하여 배를 두드리며 놀다 부풀어 오른 뱃속이 궁금해서 오랫동안 괴롭히며 두드리고 놀았다. 어린 마음에 궁금증 해소에만 급급했지 징그럽고 생태적 연결 고리도 몰랐을 때였다. 옆에서 울어대는 개구리 울음주머니가 커졌다, 작아졌다하는 모습도 마냥 신기해 손으로 눌러보며 궁금증을 해소했다.

아이의 오빠는 개구리 잡아 바닥에 내리쳐 개구리 뒷다리만 가져와 껍질을 벗긴 후 철사 줄에 꿰어 연탄불에 구운 후 맛을 보여 주었는데 단백질의 고소한 맛과 냄새를 알게 해주었다.

풀·나무 내음, 바람 내음, 논 내음, 양서류의 내음, 흙내음….

어디선가 바람을 타고 냄새가 그녀의 코끝을 자극한다.

기억이라는 뇌세포가 일어나 주변을 두리번거리기 시작한다.

어린 시절 냄새로부터….

글과 함께

등단이라는 소식이 전해왔다.

마음이 공중으로 붕 뜬다. 날개를 달고 하늘로 날아간다. 내가 이렇게 유명한 계간지에서 신인상을 받는다는 것과 문인으로 활동을 할 수 있다는 것이 무한한 기쁨으로 다가왔다.

내 글은 글도 아니라는 생각을 하고 있었기에 문단 쪽의 여러 활동에 소극적인 태도로 글 쓰는 곳을 기웃거렸다. 수필 교실에서 수필 한 편을 써냈는데 교수님이 문학적인 소질이 많다는 칭찬과 "여러분 긴장하세요. 글 잘 쓰는 사람이 우리 문학반에 들어왔습니다." 이런 칭찬을 듣고 어찌 글을 안 쓰겠는가. 그날 이후부터 뿌듯함과 자신감으로 글쓰기에 집중했다.

즐거움은 잠시, 글을 쓰는 것이 말하기와 다르고 어렵다는 걸 알게 되는 것도 그다지 오랜 시간이 걸리지 않았다.

등단 후 쓰는 부담은 '문인으로 사는 삶을 포기할까'라는 생각이 끊임없이 그림자처럼 따라다녔고, 그럴 때면 다른 배움의 장에 가서 잠시 발을 담가보기도 한다.

이것도 아닌데….

방황의 발걸음은 어느새 책이 있는 도서관을 기웃거리거나 서점을 기웃거리다 책 몇 권 사들고 마치 신춘문예라도 당선된 듯 뿌듯함으로 집으로 돌아와 책을 읽기 시작한다. 그러나 읽는다고 좋은 글을 쓸 수 없기에 또 다른 계기를 찾아 방황한다.

그러다가 '바로 이거'라는 생각이 머물면 컴퓨터를 켠다. 그리고 고도의 집중력으로 사색의 꼬리를 물어본다. 그 물림이 강할수록 심하게 물린 곳엔 반듯이 상처가 남고 그 흔적을 컴퓨터 파일 속에 깊이 간직한다. 그 상처를 치료하기 위해 가끔 파일을 열어 약으로 상처부위를 치료하듯 퇴고를 한다. 새살 나오길 바라는 마음과 소망을 담아 다시 저장한다. 이렇듯 글쓰기는 다친 상처부위였고 새살이 나올 때까지의 과정이다.

시간의 함축으로 세상에 내 글이 선을 보였을 때 사람들 반응을 확인한다. 필자는 독자의 반응에 민감해지는 것은 당연한 일이고 어떤 사람은 합평회에서 지적을 받으면 자존심이 상해

마타리

글쓰기 모임을 그만두는 경우도 가끔 본다.

내 글을 합평할 때면 가슴이 콩닥거리며 얼굴이 화끈거린다. 매를 많이 맞을수록 좋은 글이 된다는데 매 맞고 기분 좋은 사람은 없을 것이다. 그렇지만 이런 과정은 성숙미까지 더해져 좋은 글이 나온다는 것도 알게 되었다.

좋은 문장과 문학적 요소가 있는 글과 나만의 문체를 찾고 싶어 무던히 노력도 해본다. 방법은 없다. 나는 나에게 질문을 해본다. 엉덩이에 땀띠가 돋을 만큼, 미련스럽다고 할 만큼 책을 읽고 쓰며 많은 시간을 할애해 보았는가?

언젠가는 무조건 쓰기로 작정하고 아침마다 책상에 앉아 끄적거려 본 적도 있다. 그 작업은 작심보다 쉬운 포기라는 단어만 남겼다.

나 홀로 글쓰기는 그래서 어렵다. 동기부여가 필요한데 좋은 장소로는 수필 강좌를 듣는 거다. 나는 수필교실에서 월요일마다 글과 함께 보낸다. 강의 중에 수필 쓰기 좋은 소재를 늘 제공받는다. 이런저런 핑계로 나태해지는 회원들에게 채찍이 되었다가, 칭찬이 되었다가, 이런 일의 반복은 또 쉼 없이 감성을 자극한다. 이런 강좌는 나이를 떠나 회원들과 공통된 화젯거리로 함께 하다 보니 즐거움도 곱이 된다.

내게 등단은 글쓰기의 본격적인 시작이었고 삶의 종지부를 찍는 그날까지 문인으로 사는 행복감을 줄 거라는 확신 때문에 오늘도 책상 앞에 앉는다.

노트북을 열어 바탕화면에 한글 빈 문서를 끌어다 놓고 수많은 단어 배열을 한다. 문자와 놀고 있다. 글과 함께 놀고 있다.

바람의 설렘

가을바람이 쌩~

골목 안을 가득 메우는 가을바람이 흔들린다.

막다른 골목이라 갈팡질팡하다가 한 바퀴를 돌아 벽을 타고 군부대 빨랫줄에 널린 옷가지를 흔들더니 운동장을 가로질러 어디론가 사라진다.

아버지는 건축업을 하셨고 그 덕에 우리 집은 자주 새집으로 이사를 다녔다. 여름이 끝나갈 무렵 집이 완공되어 이사를 했다. 1층은 엄마 아버지가 차지했고 오빠는 2층 거실 옆방, 언니와 나는 조금 넓은 2층 창가 방을 차지했다.

새로 이사 온 집이라 설레고 기분이 좋아 창문을 열다가 나는 깜짝 놀랐다. 군인 3~4명 정도가 긴 의자에 앉아 우리 집 창문을 올려다보고 있는 것이었다. 창밖을 내다보다 놀란 나는 눈길을 어디에 둘지 몰라서 얼른 안으로 쏙 들어왔다. 이것이 우리 집 담장과 붙은 부대의 군인들과 첫 만남이었다. 실내계단을 올라가면 최신형 2층에 있는 내 방 창문을 열면 군부대 안이 훤히 보인다. 군부대는 우리 집 담장과 부대 담장이 하나로 되어있어 담장이 경계다. 담장 안 막사는 군인 환자들이 묵는 숙소다. 핏기가 없는 한 사람이 늘 의자에 나와 조용히 앉아 쉬는 모습이 보였다.

나는 중3이었고 내 책상은 창가에 있어 의자에서 일어나면 부대 안 군인들과 눈이 마주쳤다. 그 후 나는 창문을 열 때마다 가슴이 콩닥거렸다. 군인들은 내 방만 보고 있는지 휘파람을 불고 창에다 돌도 던지며 야단법석이다. 내 정신은 밖에 나가 있고 책상에는 그야말로 형식으로 앉아 있었다. 나는 자꾸 밖이 궁금해졌다.

창을 열다 흰 티셔츠를 입은 얼굴색이 유난히 하얀 군인과 자주 마주쳤다. 나는 애써 무심히 창밖을 내다본 척하고는 다시 방안으로 쏙 들어왔다. 그런 날들의 연속으로 늦가을이 되었다. 하루는 우리 집 뒷마당으로 갔는데 낙엽이 수북하다. 알고 보니 군인들이 쓰레질을 하여 우리 집 담장 안에 버렸다. 그것을 엄마가 아버지한테 고자질하여 아버지는 군인들을 불러 세우고는 호되게 야단을 쳤다.

아, 창피하다! 나는 창피했고 그날 이후로 겨우 내내 창문은 열리지 않았다.

흰 눈이 소복한 막다른 골목길은 눈이 녹을 봄을 기다렸다. 긴 겨울방학도 지나고 봄이 와서 창피함도 잊혔고 따스한 봄 햇살에 창문은 또다시 열렸다. 그러나 내 창을 한없이 올려다보던 얼굴색과 티셔츠 색이 하얗던 군인은 그림자도 보이질 않았다.

봄바람은 지난 가을의 바람보다 더 차가움으로 골목길을 두드리고 사라진다.

너만 믿었는데

전날부터 긴장되는 동구릉 혼자 가기 연습에 판교 도서관에
서부터 내비게이션을 켜고 집까지 왔다.

'내비 이상 무'

'간식 이상 무'

'내일을 위해 일찍 취침'

아침 햇살이 눈꺼풀을 일으켜 세운다. 벌떡 일어나 전날 동
구릉을 향한 만발의 준비가 완료된 배낭을 메고 지하 주차장까
지 내려갔다. '으이구 이놈의 정신머리…' 자동차 키를 안 가지
고 내려온 것이다. 손에는 오후에 도서관에 갈 준비로 노트북에
책가방에 바리바리 싸서 내려왔건만 어쩌랴. 다시 걸어서 올라
가는 수밖에…, 참고로 우리 집은 지하 주차장까지 엘리베이터
가 연결되어 있지 않아 다리품을 팔아야 하는 그런 입장이라는

사실…, 머리가 나쁘면 수족이 고생한다고 했던가! 한두 번도 아니고 늘 정신줄을 팔아먹고 다니는 나.

그러나 내비게이션이 요지부동 자세다. 나도 오기가 있지 차를 길옆 안전지대에 세우고는 다시 천천히 처음부터 작동 시작, 완료. '딩동댕 안내를 시작하겠습니다.'라는 멘트가 뜬다. 이제 출발, 그러나 말로만 하고는 기계는 또 조용하다.

'어찌 된 거야! 나, 너 없이는 동구릉 못 찾아가는데… 너 하나 믿고 나왔는데 어쩌라고….'

손전화로 내비 김 기사를 불러온다. 로그인, 이것도 비밀번호가 다르다고 뜬다. 어쩔까, 망설이다 그냥 일단은 출발하면서 생각하기로 한다. 설마 내가 어린 시절 추억의 도시인 동구릉을 못 찾을까마는 삼천포행도 좋고 에라 모르겠다. 일단 구리란 이정표 따라서 가보자.

일동, 의정부, 퇴계원, 태릉, 춘천… 어디로 가야 하는지 눈은 휘둥그레지고 머리는 멘붕상태다. 옆의 차들은 제트엔진을 달았는지 무서우리만큼 속도를 내는데 길에서 어찌할 수도 없고 이러다간 사고가 날 것 같기도 하고, 에라 나도 다른 차들과 같은 속도를 맞추고는 케세라세라를 외친다. 이제부터는 나의 의지와는 다른 곳이라도 할 수 없다. 길 따라 아무 곳이라도 가자. 지인에게 전화를 걸어본다. 통화가 안 된다. 도움을 요청할 분은 전화 통화도 안 되니 그냥 드라이브나 하지 뭐~ 사람이 어떤 극한 상황이 되면 될 대로 되라는 식이 되는 모양이다.

이제 완전히 포기 상태다.

그때 마침 삐리릭 핸드폰 벨소리다. 초능력자의 빠르기로 전화를 받는다. "여보세요. 내비게이션 고장, 지금 전방에 갈림길이 보이고요. 태릉 방향이 보이네요. 네 태릉 방향으로 오라고요?" 그분이 안내해준 도로로 내려가자마자 동구릉이란 이정표가 보인다. 안도의 한숨이 저절로 나온다. 동구릉 주차장에 들어가 남들처럼 주차 네모 칸 안에 한 번에 아무 일도 없었던 사람처럼 주차를 했다.

여름의 끝자락에서 여름 들꽃들이 내 발걸음을 안내해주고 있다. 38도 오르락내리락하던 무더위도 한풀 꺾이고 동구릉의 소나무 솔가지 사이로 여름의 더위가 도망치듯 달아나고 있다. 푸릇한 풀내음이 풀벌레 노랫소리에 흐느적거리고 있다. 어쩌난 우연을 필연처럼 일탈을 꿈꿔왔는지도 모른다. 과연 나를 지배하는 내비게이션은 안전한가?

내 모습 이대로

나무나 들풀, 곤충이나 동물들에겐 땅이 없어서는 안 되듯 우리 사람에게도 땅은 소중하다.

사람은 태어날 때 두 주먹을 불끈 쥐고 태어난다. 마치 무엇이라도 다짐하듯이….

사람의 부자 기준을 어디에 두는가? 당연히 부동산과 동산을 누가 얼마를 가졌는가의 가치 기준이고, 많이 가진 자 앞에 가면 나도 모르게 작아지는 것도 사실이다.

2000년도 적은 돈으로 부동산을 사러 이곳저곳을 다니다가 멀리 나의 고향인 국수리에 낡은 헌 집 한 채를 사고는 매우 흐뭇해했다. 마치 세상을 다 얻은 것처럼 말이다. 월급쟁이 남편의 수입으로 알뜰살뜰 살림하면서 저축을 한 결과였기에 더없이 기뻤다.

집지킴이로만 살던 내가 운동을 시작했다. 운동이 끝나고 티타임에서의 대화는 부동산 이야기이다. 누구는 몇 평짜리 아파트에 살고, 빌딩이 몇 채 있고, 시부모가 물려준 땅이 있다는데, 나는 한 평의 땅도 받을 게 없는 별 볼 일 없는 집안의 둘째 며느리에 일복만 터졌다는 등, 늘 이런 이야기가 화두가 된다. 가진 자의 여유로운 표정과 못 가진 자는 부러움을 감추느라 표정이 일그러진다.

하루는 한 친구가 하는 말 'ㅇㅇ이는 지지리도 못 사는 동네 적은 평수에 산다.'며 충격적인 말을 서슴없이 하는 것이다. 이유 없이 ㅇㅇ동네 여인들을 무시한 것이었다. '이런 못사는 것도 억울한데 운동하는 곳에서까지 무시를 당하다니….'

어느 날 그 친구가 내 차를 탔기에 조심스럽게 말을 건넨다. '사람은 누구나 작은 평수보다는 큰 평수에서 잘 살고 싶어 할 거야. 이곳은 운동하러 온 곳이지 부동산 자랑하러 온 곳이 아니다.'라고 말하면서도 왠지 씁쓸했다. 내게는 부동산 부자인 친구가 있다. 그 친구를 만나고 집에 오면 살맛이 안 난다. 아래를 보고 살라고 했지만 그게 말처럼 쉽지가 않으니 말이다. 그 친구는 빌딩을 몇 채를 가지고 있는데 부의 근원지는 땅에서 시작된 것이다. 친구가 잘 살아서 좋건만 비교되는 순간 내 삶이 불행해진다는 것을 알면서도 부러운 것도 자연 현상이다. 마음속으로 '그래 저 친구는 저 친구의 삶이 있고 나는 내 삶이 있지.'라고 다짐을 해보건만 은근히 내 삶이 점점 짜증이 난다. 때로는 집지킴이만 하면서 우물 안 개구리처럼 살 때가 그리워진다. 그때는 세상에 부러움도 모르고 있는 그대로 만족하며 살았는데 주변과 비교하면서부터 불행이 시작되었다.

가끔 학창 시절 선생님이 내게 해줬던 말이 생각나곤 한다. '누구랑도 키를 재어보지 마라! 그 순간부터 네가 불행해진다.' '그래 내가 분수에 맞게 살아야지 언감생심焉敢生心 감히 못 오를 나무를 쳐다보고 부러워하다니….'

이윤기의 『어른의 학교』 중 「사람의 땅」을 읽다 보니 이런 말이 눈에 들어온다. '사람은 분수에 맞게 깜냥껏 처신해야 한다.'라는 글이다. 바로 내 이야기다.

잠깐 내가 요즘 공부하는 식물들의 땅을 들여다보자. 사람만이 땅에 대한 애착을 갖는 것이 아니라 식물들도 땅을 차지하기 위한 치열한 경쟁을 쉼 없이 하고 있음을 볼 수 있다. 식물은 땅이 얼마나 중요할까?

숲으로 들어가며 한 평의 땅을 더 세밀히 본다. 다리도 없고 말도 못하는 식물들이지만 일단은 씨앗이 정착하여 원뿌리가 뿌리를 내리면 잔뿌리들을 쉼 없이 만들며 땅을 움켜쥐고는 땅 차지를 하면서 옆의 식물들과 경쟁을 시작한다. 땅에 깊이 뿌리를 내린 식물이 있는가 하면 얕게 내리는 식물도 있다. 그러나 그런 복잡함 속에서도 식물들만의 규칙을 지키고 있다. 일찍 싹 틔우고 일찍 열매 맺는 식물은 봄이 되면 땅 차지를 먼저 한다.

다년초인 냉이는 어떤가? 아예 방석 모양을 하고 땅에 딱 붙어서 겨울을 난다. 이른 봄 얼른 키를 키워 꽃을 피우고 열매를 맺기 위한 전략을 쓴다. 씨앗을 맺고 퍼트린 냉이는 자리를 양보한다. 일 년 초인 친구들이 마구 땅 차지를 하며 밀고 들어와도 하나도 두렵지 않다. 냉이의 소임을 다했기 때문이다.

많은 땅 차지를 못하는 식물은 어떤 식으로 땅 차지를 할까? 예를 들어 칡을 보자. 칡은 땅 차지를 많이 못 하니 뿌리 하나 깊이 내린 후 주로 옆에 있는 나무를 타고 올라가는 전략을 쓴다. 이렇듯 숲에는 땅 차지를 위한 식물들의 소리 없는 아우성을 지른다. 숲의 비밀을 알고서야 비로소 한 평의 땅에서 여러 식물이 어찌 살 수 있을까 하던 수수께끼가 풀리는 것이다.

식물은 수억 만 년 전부터 진화하였고 지금도 끊임없이 진화하고 있음을 알 수 있다. 한 평의 땅에서 경쟁하고 때로는 자리를 내어주며 여러 식물과 함께 살아가야 하는 이유를 알기 때문이다. 인간보다 영리한 식물들은 빨리 꽃을 피우고 자리를 내주는 전략을 펴고 있다. 지금도 식물은 진화한다. 한 평의 땅을 지혜롭게 쓰기 위해서이다. 그런데 그런 곳에 우리 인간의 개입이야말로 식물들의 이러한 규칙성을 무참하게 교란시키고 있는 결과를 낳고 있다.

당일치기로 나는 KTX를 타고 부산을 갔다. 첫발을 딛는 그곳은 우리나라 최남단의 땅 끝이다. 감격으로 발끝이 찌릿하다. 바다를 끼고 있는 이기대 둘레공원을 걷는다. 파도가 하얀 거품을 입에 하나 가득 물고는 갯바위를 냅다 후려치고는 멀리 달려나가듯 뛰어서 도망가고 있다. 촉촉한 비도 내린다. 비구름 뒤에 숨은 태양은 내일을 기약한다.

처얼썩~ 파도가 내 머릿속을 때린다. 내가 지금 걷고 있는 이 땅이 바로 사람의 땅인 것임을 깨닫는다. 분수를 모르고 소유를 위한 욕심으로 채워진 날들이 나를 힘들게 한 장본인이 아니었을까?

큰개불알풀

관찰과 경험에서 태어난 생태수필

- 이지우 생태에세이 『푸름에 홀릭』을 중심으로

조 재 은

수필가

창작은 접점의 불꽃에서 태어난다.

부싯돌끼리 부딪치면 스파크가 일어나고 그 불씨가 인류 문명에 커다란 공헌을 했듯이, 예술가는 자신이 부족한 것이 인식되면 다른 장르를 찾아 소통하고 만나야 한다. 그때에 부족함이 채워지고 시너지 효과가 일어난다.

21세기를 수필의 시대라고 한 이어령은 『젊음의 탄생』에서 21세기 문화의 아이콘은 융합기술이라 한다. '닫힌 것과 열린 것, 영혼과 육체, 개인과 집단, 그리고 모든 생과 죽음. 우리들 주변의 무수한 대립의 울타리로 둘러쳐져 있는 문화는 그 대립을 어떻게 균형 있게 살리며 융합 시키는가'의 기술이라는 것이다.

윤재천이 수필과 다른 장르와 만남의 필요를 주장하고 십 여년이 지났으나 아직도 일부를 제외한 수필은 변화가 거의 없다.

수필작가는 어느 한정된 테두리 안에 고정되어 있기보다 자기 분야를 개척하고 다른 장르를 수용해야 한다. 변화하고 서정적인 동일한 분야에서 탈피하여 다양한 수필이 나와야 한다. 그것은 이질적인 것들이 합해져 조화될 때 태어난다.

1.

이지우의 수필은 서정수필 위주의 수필계에서 벗어나 자연이란 거대한 텍스트에서 마음껏 신선한 공기를 들이마시며 생명의 소리를 들려준다. 현장으로 뛰어들어 살아 움직이는 현재의 모습을 전해주는 강점이 있다. 「먹는 자, 먹히는 자」는 생태수필의 진수를 보여준다.

사마귀는 요지부동 자세로 있다가 귀뚜라미가 등에서 뛰어 내리는 순간 오른쪽 앞발을 "획~"내밀어 단 한 번에 잡는다. 귀뚜라미가 발버둥을 치면 칠수록 예리한 가시 발은 귀뚜라미 몸을 점점 더 깊이 파고든다. 쩔쩔매는 귀뚜라미 엉덩이에서 풀 똥이 나오기 시작한다. 사마귀는 여유 있는 표정으로 귀뚜라미를 이리저리 살피더니 이중 턱을 크게 벌려 배를 한입 물어뜯는다. 내장 반이 잘

려나간다. 파열된 창자가 사마귀의 입가에 매달려 있다. 야릇한 미소를 지으며 우적우적 씹어 먹고 있는 모습이 섬뜩하다. 그리고 한입…. 또 한입….

나는 먹는 자의 입과 먹히는 자의 고통을 동시에 보고 있다.

내 심장 박동수와 모든 신경이 곤두선다. 나는 한 동작도 놓치지 않고 눈으로 스캔 중이다. 귀뚜라미의 여섯 개 다리가 서로 엇갈리며 허공에서 발버둥을 친다. 남아 있는 신경 모두가 움직이고 있다. 가장 연한 배가 통째로 사라졌고 이번에는 가슴팍으로 사마귀 입이 들어간다. 연한 살만 파먹고 날개는 바닥에 떨어뜨린다.

툭.

잠시 후 머리 부분도 바닥에 떨어진다.

툭.

-「먹는 자, 먹히는 자」

냉정한 약육강식의 곤충 세계부터 문을 열어 생태계를 전히는 작가의 시선은 현미경 같다. (박양근「문예수필 창작을 위한 이론과 실제」) 세밀한 시선이 돋보이는 작품이고, 무서우리 만치 치밀한 묘사가 독자를 사로잡는다. 먹는 자 사마귀가 귀뚜라미의 몸을 물어뜯는 잔인한 모습과 먹히는 자 귀뚜라미의 '여섯 개의 다리가 허공에서 발버둥'치며 마지막 생명이 사라지는 모습은 영화의 한 장면처럼 다가온다. 사마귀, 귀뚜라미 어느 한편에도 서지 않는 묘사가 정확하며 날개와 머리가 바닥에 떨어지는 툭, 툭. 이란 의성어는 이 사실을 독자가 함께 보는 듯한 강한 효과를 주고 있다. 다각적이고 개관적인 시선으로 두 나리를 지켜보는 작가의 떨리는 가슴과 예리한 이성이 교차 한다. 글의 흐름이 거세고 힘찬 강줄기 같다. 작가의 감정 개입이 없는 표현은 인간 세계 어디선가 벌어지고 있을 법한 약육강식을 은유로 표현한 듯하다. 갑, 을의 세계로 나뉘어져 있는 사회 구조와 닮았다.

이지우 작가의 자연에 대한 또 다른 시선은 자연을 아끼고 사랑하는 마음이다. 작가는 모든 예술, 모든 교육은 자연의 부속물에 지나지 않는다는 말을 잘 알고 있다. 자연은 목적 없이는 아무 일도 하지 않고, 어느 순간도 같은 모습을 보여 주지 않는다.
이지우의 글은 인상파 화가의 그림을 보는 듯하다. 르네상스

시대 그림은 실제세계처럼 보였지만, 생동감이 느껴지지 않았고 원근법이 정확히 지켜지고 붓터치가 면밀한 정확한 그림들은 경직되어 생명감을 전해주지 못했다. 그러나 인상주의 화가들은 빛에 열광하며 빛에 대해 반응하고 그리고자 하는 대상이 실재 경험되는 대로 생생하게 묘사했다.

「변신의 꿈을 접다」에서 '번데기 시절을 거쳐 나비가 되는 과정'을 보려고 애벌레를 옮겨와 관찰하다 성공하지 못하고 반쯤 번데기 옷을 입다만 애벌레를 애석해 한다. 작가는 생태수필 작가로서 산호랑나비 애벌레의 생생한 변신 과정을 보고자 하는 열성적 태도가 긍정적이고, 이 장면을 태어 날 때 인간의 환경 조건인 금수저, 흙수저와 연결시키는 부분이 탁월하다.

'수필은 인간학'이라 말이 있다. 자신이 쓰는 수필에서 비유되는 사건, 말은 자신도 모르게 그 사람의 인격을 나타낸다. 사회의 부조리에 수필가는 외면하지 말고 작품을 통해 자신의 의견을 표현할 수 있어야 한다.

2.

수필은 인간의 본질과 삶에서 생겨나는 모든 것을 제재로 창작한다. 소재를 제한하지도 않고, 다루지 못할 어떤 한계도 없다. 그러므로 자기 문학을 구축하는데 성실해야하고 장르 안에 갇혀 있지 말고 계속 경계를 넘어 작품의 세계를 넓혀 가야한다. 일상에서 일어나는 평범한 일에서 얻는 소재에는 한계가 있고 독자도 비슷한 느낌이므로 이런 경우는 피해야 한다. 비슷한 수필, 비슷한 생각이 있는 자리에서 눈에 띄는 좋은 작품 쓰기는 어렵다. 작가 자신에게 맞은 테마 에세이를 정해서 천착하고 자신만의 전문 분야를 붙잡아야 한다.

자신이 가장 잘할 수 있는 나만의 이야기, 그 일을 찾아 자신의 테마에세이를 만들어가야 한다. 이지우는 본격적 생태에세이를 쓰기위해 식물에서 곤충으로 더 넓은 전문 지식을 쌓고 있다.

거의 다 아는 풀이지만, 하나하나 눈을 맞추며 이름을 불러주다 보면 한자리에서 30분 이상 소비된다. 쪼그리고 앉아 더위도 잊은 채 풀밭을 뒤진다. 꽃과 가장 가까운 자세로 엎드려 관찰한다. 잎은 마주났는지, 털의 모양은 어떤지, 꽃잎과 총포는…, 이렇게 관찰하다 보면 들풀 매력에 점점 쏙 빠져든다. 관찰하느라 꿇었던 무릎에는 흙이 따라 나서고 한참을 앉아있다 일어날 때는 현기증도 난다. (…)

며칠이 지났다. 남한산성을 혼자 지키는 백부자가 궁금했다. 일행들과 함께 현장을 가보니 아뿔싸, 백부자 자리엔 커다란 깨진 기왓장만 덩그마니 놓여 있었다. '이를 어쩌나' 끌탕을 하며 주변을 아무리 찾아봐도 사라진 백부자는 그 어디에도 없었다. 귀한 약재로 쓰이는 꽃들이 남아 있지 않은 이유를 이제야 알 것 같다.

만인에게 보았을 때 행복감과 희열감을 안겨줬던 희귀식물을 개인 이기심으로 캐가다니 인간에 대한 실망으로 가슴이 아팠다.

―「들풀에 빠진 여자」

이지우는 들풀에 빠진 여자다. 고개도 잘 숙이지 않는 여자가 작은 꽃 하나를 보기 위해 쪼그리고 앉다 못해 엎드려 관찰한다는 말에 어느 정도 야생화에 빠졌는지 짐작 할 수 있다. 잠시 보는 관찰이 아니라 한 자리에서 30분 이상 소비 한다는 것은 어려운 일이다. 『화첩기행』을 쓴 한국화가 김병종 교수는 어떤 사물을 3분 이상 보고 있으면 감동을 느낀다고 한다. 이지우는 한 식물을 잎이 마주났는지, 털 모양, 총포總苞까지 살피고 일어나면 현기증까지 난다고 한다. 이 열정은 앞으로 이지우의 생태에세이를 건강하게 유지시켜 줄 것이다. 기업이 자기 브랜드가 없으면 경쟁에서 살아남을 수 없고 작가는 자신의 전문분야가 없으면 작품 평가에서 마이너스를 가져온다.

'들풀에 빠진 여자' 작품에서 또 하나 주목할 것은 백부자의 발견이다. 백부자는 인산의 부자비한 손길을 피해 절벽 끝에 몸을 숨기고 피어 있었으나 며칠 후 훼손되고 만다. 백부자는 희귀한 식물로 귀한 약재로도 쓰인다하여 누군가의 손에 사라진 사건을 안타까워한다. 그리고 인간의 이기심을 한탄한다. 수필이 체험의 문학인 것이 이런 다양한 경험을 계속하면서 작가는 여러 인간의 심성을 꿰뚫는 직관력을 키운다. 오성의 인식이 시작되어 수필 쓰기에 도움을 주며 감각적 확신은 작가의 자질에 다각적인 영향을 미친다.

작가는 새로운 눈으로 대상을 보고 새롭게 형상화하는 것이 필요하다. 새롭게,란 작가 자신만의 눈과 해석이어야 한다. 베이컨은 '상상은 사실의 세계에 매이지 않고 사실을 마음대로 변화시켜 보고, 더 아름답고 더 다양하게 만들어 즐기는 것'이라고 한다. 여기서 새롭게 란 뜻은 바로 작가 나름대로 체험과 인식을 바탕으로 극히 평범한 소재에 남다른 가치와 실존을 부여하는 작업이다. 상상력은 신이 인간에게 내린 최고의 선물이다. 오직 인간만이 시공을 초월하여 상상을 하고 심신에 은밀하게 숨어 있는 능력을 꺼내 문학에 표현한다.

나무를 살핀다. 다리 앞에 중국단풍이 있다. 수피는 각설이 타령에 나오는 사람이 누더기를 기어 입은 모습처럼 너덜거린다. (…) 양버즘나무는 어떤가, 군복 무늬라 여기저기 떨어진 옷이 인상적이다. 이 나무들은 단정한 옷 입기는 유전자 때문에 글렀나 보다.

조금 더 걷다 보니 소나무가 보인다. 마치 거북이 등딱지가 연상된다. 개성으로 이런 옷을 고를 수도 있겠지만 아름다운 옷은 아니다. 공원에서 나무 이름을 하나씩 불러주며 나무마다 다르게 입은 옷을 살피며 걸었다.

호숫가 근처에 식재된 자작나무 수십 그루가 보인다. 그동안 바빠 사느라 이곳에 자작나무가 있는 줄도 몰랐는데 수피가 흰 백색이라 햇빛에 반사되어 환히 빛나고 있다.

자작나무 사이로 난 오솔길에 들어서자 '닥터 지바고' 배경음악인 '라라의 테마'가 떠오른다.

－「수피(樹皮)의 여왕 맞나」

나무껍질을 사람의 옷에 비유하며 수피를 누더기와 군복으로 소나무는 서북의 능딱지로 표현한다. 그중 자작나무는 '수피의 여왕'이라며 칭찬한다.

수필가가 창조하는 수필에서의 언어가 낯설면 낯설수록 감동의 파장이 크고 신선하다. 언어 대상을 낯설게 표현하며 일상성에서 벗어나게 함으로 감동을 배가시킬 수 있다. 낯설게 하기는 관습적인 용어, 관행적인 행동, 타성적인 형식에서 벗어나 참신한 형식과 언어를 창조해 낸다.

자작나무를 보고 영화 '닥터지바고'만을 떠올리지 않는다. 작가는 부분적으로 사물을 면밀하게 보는 눈과 함께, 전체를 통찰하는 눈도 있어야 한다. 도시 건물 사이 구석진 곳, 에어컨 실외기 앞에 있는 자작나무. 지하 미술관 실내에 인테리어를 잘 하려는 욕심으로 자작나무가 있기에 부적한 곳에 배치한다. 불빛아래 시름시름 죽어가는 자작나무를 보고 다시 한 번 인간의 이기심을 한탄한다. 환경파괴 문제를 모른채 넘어가지 않는다.

3.

작가의 시선은 자연에서 인간에게로 이동한다. 이지우 수필의 장점은 발품을 아끼지 않는 것이다. 곤충의 먹이를 찾아 나서고 귀한 야생화가 있는 곳이면 어디고 뛰어 간다. 작가 혼자 자연에 빠지지 않고 자신이 한 숲 체험을 아이들에게 전해주려 애쓴다. 자연친화 프로그램을 짜서 아이들에게 숲과 가까이 하게 만들고 아이들이 변화 하는 과정을 전한다. 「숲에서 피어난 아이」「자연을 닮은 아이들」에서는 콘크리트 아파트에서 학원으로 내몰리는 자연을 경험할 기회가 적은 아이들에게 자연을 접하게 한다. 처음 숲에 낯설어 하던 아이는 체계적 수업으로 숲에 익숙해지며 자연과 가까워진다.

자연의 힘은 혼자만의 세계에 빠져 있던 아이를 숲과 친하게 해주고 다른 아이들과도 어울리는 성격으로 바뀌어 준다. 곤충을 관찰하며 자연의 세계를 통해 협동하는 방법, 공동생활의 습관, 방법까지 터득한다. 애벌레가 잎 뒤에 숨어 위장을 해 성충이 되어 날아다니는 모습에서 스스로 생명의 귀함을 알고 허약한 도시의 아이에서 건강한 자연의 아이로 변화 시켜준다. 에어컨 바람 아닌 자연의 바람이 몸속에 스며들어 건강한 성품이 된 아이는 숲과 가까워지며 점점 하늘과도 가까워진다. 이지우 작가는 "자연에 몸을 싣고 아이들이 연주하는 곡은 자연을 닮은 아름다운 멜로디가 되어 숲에서 메아리친다"고 말한다. 자연과 가까이 지내는 작가는 자연과의 관계가 확대 되어 자신과 주위사람들에게도 향기를 전하며 자신을 지키는 삶도 풍요로워 진다.

「글과 함께」에는 수필을 쓰고 조금씩 변하는 생활 태도가 보인다. 방황하던 시간은 글을 쓰고 고도의 집중력으로 사색을 하고 사색은 컴퓨터에 앉아 글쓰기로 이어진다.

삶이 더욱 성숙해지고 영글어 간다. "심하게 물린 곳엔 반듯이 상처가 남고 그 흔적을 컴퓨터 파일에 깊이 간직 한다. 그 상처를 치료하기 위해 가끔 파일을 열어 약으로 상처부위를 치료하듯 퇴고를 한다. 새 살 나오길 바라는 마음과 소망을 담아 다시 저장한다."

작가의 말처럼 매일 새롭지만, 본질은 결코 변하지 않은 자연의 모습으로 글을 쓰고 필요로 하는 손길에 손을 내밀어 주며 충만한 삶을 살고 있다. 시선을 안에서 밖으로 확대하면 작품은 넓어진 공간만큼 확장 된다. 내 집에서 마을과 나라로, 상상의 세계와 우주까지 글 안으로 초대된다.

이지우 작가는 글을 쓰며 푸름에 빠지기 시작한다. 친구처럼 속마음을 어루만져 주는 하늘의 푸름을 바라보고, 쪽물을 들이며 쪽빛 같은 아버지의 외로운 푸름을 보며, 푸른색에서 희망만이 아닌 우울을 보기도 하는 심안을 갖게 되었다. 깊고 넓어진 사유의 세계와 작가 자신이 가지고 있는 호기심과 잠재력을 무한하게 발전시키고 있다. 작품에 문학적 형상화를 더해서 평범한 푸른색이 아닌 가장 값비싸고 아름다운 울트라마린으로 빛나는 수필을 쓰는 작가가 되기를 기대한다.

이지우 생태 에세 이

푸름에 홀릭